Reincarnated as an prospective assassin
暗殺者《アサシン》の卵に転生した
I
～最凶外道の少年は、生き残るために手段を選ばない～
著 沖唄　イラスト：真空

CONTENTS

Reincarnated as an prospective assassin

暗殺者《アサシン》の卵に転生した Ⅰ

～最凶外道の少年は、生き残るために手段を選ばない～

沖唄

OVERLAP

イラスト／真空

序章

聖堂には十数人の幼い子供と、深くフードを被った数人の大人が集まっていた。

子供たちは紋章の入った黒い衣服に身を包み、不安げな表情を浮かべている。

そして先ほどから子供が一人ずつ別室へと連れて行かれている。

恐らく、次は自分の番だと少年は思った。

直前には同じ房で育った竜人の少女が連れて行かれたばかりだった。


これまでよりも長い待ち時間の後、ローブの男が少年を呼ぶ。

「ついて来い」

圧迫的な男の態度に怖気付《おじけづ》きながらも少年が進み出る。

聖堂を出ると長い廊下が続く。

これまでずっと同じ部屋の中に居たせいで、それ以外の景色を見たことの無い少年は初めて見る外に意識を奪われる。

「早く歩け、止まるな」

再び男の低い声が自身の好奇心を押さえつけてくる。

見れば男は既に遠い先を歩いていた。

コクリと頷《うなず》いた少年は、短い足で駆け寄り、離れないようについて行く。

その後も歩幅を合わせる様子も無く、廊下を抜け、階段を下りると蠟燭《ろうそく》の明かりだけが視界を照らす地下へと入る。

男は地下に入ってすぐにある、破壊されたドアの前を素通りして、その隣の部屋へと入る。

男に続いてドアを抜けるとそこには数人のローブの大人の中に、一人だけ顔の見える人物が居た。少年は何度かその顔を見た気がする。確か大人たちから『司祭』とか呼ばれていた。

少年を連れてきた男は、壁際に避け背中を預けると沈黙する。

「……？」

少年が疑問の声を発する前に、『司祭』以外の大人が少年の体を押さえる。

危機感が少年に警鐘を鳴らす。

「や、やめて」

小さく反抗の声を上げる。

両腕を固定された少年の前に『司祭』が進み出る。嫌な予感がした。

「やめて!!」

「……祭壇の前に」

大人達《たち》は『司祭』に従って部屋の奥へと少年を連れて行く。

「やめて、やめっ……ふご」

「口を開きなさい」

『司祭』が少年の顎を強引に摑《つか》むとその中に何かを流し込んだ。

酷《ひど》く冷たくて、まるで鉄でも飲んでいるかのような異物感が喉を流れる。

たぶん、これは飲んではいけない。

「フグッ、ブッ」

「貴様ッ」

強引に咳《せき》をするように薬を吹き出すと、正面にいた『司祭』の顔に唾液の混ざった薬がかかる。

濡《ぬ》れた顔面を不快そうに拭った『司祭』が少年を容赦無く殴る。

大人達に体を固定されているせいでモロに衝撃を受けた少年の視界が明滅する。

痛みに泣き出そうとした少年だったが、既にその体に異変が起きていた。

「あ……あ……」

吐き出しきれなかった薬が効果を発揮したのか、少年の意識に霧がかかり呂律《ろれつ》も回らなくなる。

「『司祭』、早くしろ」

壁に背を預けていた男が、急《せ》かす。

「わ！　分かっている！」

『司祭』は振り返り、祭壇に祀《まつ》られていた歪《ゆが》んだ形のナイフを摑む。

鞘《さや》から抜くと、美しさすら感じさせる白い刃が顕《あらわ》になる。

彼はそれを握り締めると、祝詞を唱え始める。

「『彼を疑うことなかれ、其《そ》は見えぬものなり』」「『彼を疑うことなかれ、其は見えぬものなり』」「『彼を疑うことなかれ、其は見えぬものなり』」

「か……う……？」

『司祭』の言葉に合わせてその場にいる男達が唱える。

その言葉は朦朧《もうろう》とした少年の意識に簡単に刷り込まれる。

「『彼に逆らうことなかれ、其は慈悲深きものなり』」「『彼に逆らうことなかれ、其は慈悲深きものなり』」「『彼に逆らうことなかれ、其は慈悲深きものなり』」

「さ……か……」

少年の腕を摑む男が、袖を捲《まく》り上げて右腕を『司祭』の前に差し出す。

「『彼に望むことなかれ、其は遥《はる》か尊きものなり』」「『彼に望むことなかれ、其は遥か尊き

ものなり』」「『彼に望むことなかれ、其は遥か尊きものなり』」「はる……た……」

『司祭』は僅かに口角を上げて高揚しているが、目の前の少年を見ても何ら感情を抱いていない。

「『彼こそ全てを与うるものにして、全てを奪うもの』」

そこからは『司祭』一人が祝詞を唱える。

「『今ここで、汝《なんじ》は命を賜る』」

「『汝が真名は』」

『司祭』がナイフを持ち上げる。

「『[redacted]なり』」

名も無い少年に名前が刻まれた。

少年の意識は暗闇に落ちていく——。

——序章『洗礼』

一章

――そして、俺は目覚めた。

「……ッハ！　ここは、痛《つ》っ」

腕にジクジクと鋭い痛みが走る。

部屋？の中は暗すぎて、自身の手さえも見えない。

そして部屋を調べる間も無く、この体の持ち主のこれまでの記憶が流れ込んできた。

ただ、その記憶は酷く希薄だった。

何故《なぜ》ならこの五歳程の少年は外の世界を見た事が無かったからだ。

大人達が房と呼ぶ空間の中で、同じ境遇の子供達とこれまでの人生を過ごして来たからだ。

房から出て直《す》ぐにあったあの聖堂さえも、初めて見たのだ。

同時に俺は前世を想起しようとする。が、

（……何も思い出せない）

いや、思い出せることはある。

それは前世で最も衝撃的な、死の瞬間の記憶だ。

思い出すだけで……っ。

「ッハァ……ハァ……ハァ……ハ」

息が上がり、心臓を刺す痛みを錯覚して胸元を握り締める。

死の瞬間までに何が起きたかは分からない。

しかし、体の芯から体温が失われていく寒さと、己の手から命が零《こぼ》れ落ちる恐怖だけは魂に刻み込まれている。

ガタガタと体が震えてくる。

ベッドから落ちて石畳に四《よ》つん這《ば》いになった。

「大丈夫、ッハ、俺は生きてる、ッハァ、生きてる、死にたくない、……ぅ、ぉえ」

視界が涙で歪む。上手《うま》く息が吸えない。

「ッハァ、ハァ、ッハ、ッハ、ッハ、だ、れか――」

◆◆◆◆

俺は再び目覚めた。

どれくらい意識が落ちていたかは分からないが、腹の空《す》き具合からしてそれほど経《た》っていない。

とにかく、死《あ》んだ時《の》の事は深くは思い出さないようにする。

下手すると今世の記憶さえも押し潰されかねない。多分前世の記憶は強烈な死の瞬間の記憶によって消し飛んでしまったようだ。

「はあ」

言語や知識は引き出して来られるが、思い出と言われる記憶は全く引っかからない。

出て来ないものは出て来ないと諦めて、目の前に目を向ける。

「何も見えん」

そして何も聞こえない。

本当に一切の光が入らない部屋だった。

取り敢《あ》えず、ペタペタと自身の周りを手で探る。

平たい台の上に布……。

「あぁ、ベッドか」

さっき自分から落ちたベッドだった。

ベッドの先には石壁がある。

右手で壁に触れながら左手を前に突き出してゆっくり部屋の中を探索する。

結論から言うと、この部屋は円柱形をしていた。部屋にあるのはベッドと用を足すための穴だけ。端的に言って牢屋《ろうや》だ。

そして、探った範囲では出口は無い。

寝ている間に放り込まれたのだろう。

ここがあの建物のどこに位置するかは全く見当が付かない。

ただ何を目的として放り込まれているかは予想が付いている。

予想が正しいならば、昨日聖堂に集められていた子供達は、俺と同じようにナイフで何かを刻まれた後、個別に暗闇の部屋に放り込まれているのだろう。

いずれにしろ、相手に殺す気は無い。

俺は体力を温存するために、眠りにつくことにした。

◆◆◆◆

寝て起きてを三回ほど繰り返した頃、寝転がったまま天井に手を翳《かざ》していると、ある事に気づいた。

「おかしいな、見えてる」

この部屋には光が入って来ていないのにもかかわらず、俺には手の輪郭が確かに見えていた。

俺は目を閉じる。それでも手の輪郭は見えたままだ。つまり、視覚以外で見ている。

「!!」

ベッドから起き上がり、自身の体を見下ろすと、手と同じように胸から下の輪郭が浮かび上がって見える。

そして、ベッドを見れば、小さな人の形の輪郭がベッドに残って見える。

ここで俺はピンと来た。

ピット器官だ、と。

ピット器官とはヘビが持つ、熱を視覚として見るための器官である。簡単に言えば生体サーモグラフィーだ。

そしてそれはまかり間違っても人間に付いている機能ではない。

つまり、俺は人間ではない。

というよりも、ホモサピエンスではない。

もしかするとこの世界の人間は熱源を見る機能を持っているかもしれないが、それよりも俺がこの世界特有の人型種族である可能性の方が高そうだ。

同じ房には竜みたいに太い尻尾の生えた少女や耳の長い少年も居たのだ。

その竜人の少女などは時々俺の尻尾を握り潰そうとしていた記憶すらある。

……俺の尻尾？

尾てい骨に手を伸ばすとヌラリとした鱗《うろこ》の感触が返ってくる。

今まで気づかなかったのがおかしくないくらいに存在感のある蛇の尻尾。

細長い、蛇の尻尾だ。そう意識した途端に神経が通ったように尻尾の感覚が鮮明になる。

動かそうと思えば、割と精密に動かすことができる。

触覚も鋭く、手の甲と同じぐらい繊細に感じ取れる。

長さは胴に三、四周巻ける位あるので身長と同程度はあるだろう。太さも力も足と腕の中間程。

成長するにつれて長くなるかは分からないがあまり伸びすぎると邪魔そうだ。これくらいのバランスのままで伸びて欲しい。

俺は尻尾と第三の目《ピット器官》の確認を終えるとトグロを巻くように体を丸めて、再び眠りにつく。

◆◆◆◆

五度目の眠りから覚める。

既に空腹は限界に達していた。

まだギリギリ動くことは出来るが、体力は使いたくない。

視線だけで見えない天井を睨《にら》み付けたあと、瞼《まぶた》を閉じる。

◆◆◆◆

六度目の目覚め。

もしかすると、俺がここにいることは誰も知らないのでは無いか。そういう不安が頭を過《よぎ》る。

爪を噛《か》む。

少し空腹が紛れた。

◆◆◆◆

十、いや九度目の目覚め。
先程までステーキを食べる夢を見ていたせいで、酷《ひど》く気分が悪い。

寝ている間に口に含んでいた石ころを吐き出す。

部屋の中は少し変なにおいがする、気がする。

喉も渇いた。

なにも、考えたくない。

◆◆◆◆

もう起きているのか寝ているのかも分からない。

ただひたすら、死ぬのがこわい。

あの……冷たく、寂しく、何も無い奈落に落ち続ける感覚……っ。

また思い出してしまった。

「ッハァ……ッハァ……ハァ、っ」

呼吸が乱れ始める。

「ヒュッ……ヒュー……ヒュ……ヒ」

上手く息ができずに苦しさで涙が滲《にじ》む。

寒くて怖いんだ。

ああ、誰か、助けてくれ。


『――――』」

朦朧《もうろう》とした意識の中で何か聞こえる。

何かが目の前に立っている。

色も大きさも、人であるかも分からない。しかしそこに居るという確信があった。

「か、」

カラカラの口が勝手に開く。

「かれ、を」

「かれを、ヒュ……うたがうこと……ヒー……なかれ、そは、ヒュー……みえぬもの」

何故《なぜ》それを口にしたのか分からない。

しかし、口に出した途端に心が暖かな何かに包み込まれるような心地がした。

「かれに、さからうこと、っ、なかれ、そは、じひ深きもの」

目の前の存在がより近く感じる。

見えもしない、聞こえもしない。しかし彼はそこに在るのだと分かる。

「かれに、のぞむこと、なかれ、そは、はるかたっときもの」

それの放つ暖かな気配が俺の恐怖を優しく溶かしていく。

唱え終わる頃には俺の精神は平静を取り戻していた。


「あぁ、ああ！」

今度は感謝の気持ちから涙を流す。

五体投地し、ひたすらに彼に向かって敬服する。

そして、俺は暖かな気持ちに包まれたまま、いつの間にか気絶していた。

◆◆◆◆

「尊き彼の慈悲に感謝を」

シスターがそう唱えると、俺を含む子供達《たち》はその作法を真似《まね》て手を組み、祈りを捧《ささ》げる。

シスターが祈りを解き、皿に手を付け始めると子供達はすぐに祈りを解いてバクバクとスプーンを動かして食事を詰め込んでいく。


俺はあの部屋で倒れてからすぐ、外に連れ出された。

最後あたりで見たナニカの正体は麻薬が見せた幻覚、だと確信している。

記憶が怪しいが、途中から妙な臭いがしていたので、その時に気化させた薬物を部屋に流し込んでいたのだろう。


彼等《ら》の目的は子供達の洗脳だ。

だからこそ俺はあの部屋からは出られると知っていたが、それでも極限状態に追い込まれると精神は簡単に屈した。

人間の精神とはそれほど丈夫なものではないんだと痛い程に実感した。

そして、ここにいる子供達は既に染まった側の者達だ。子供の精神ではなおさら暗闇と空腹の中で正気を保つことなど無理があるだろう。

彼らの中には、俺が憑依《ひょうい》している少年の記憶に引っかかる子供がチラホラ居るので、恐らく俺と同じ工程を経ていると思われる。

ならば、次の工程は教育だろう。洗脳して都合の良い信仰を植え付けた後はそれを利用して後ろ暗い仕事をさせる。自然な帰結だ。

因《ちな》みに、少年少年と言っているが、この体の持ち主は名前を持っていない。

俺が目覚める直前の儀式で与えられていた『真名』が名前にあたるだろうが、『真名』という響きからして普段使いするものでは無いはずだ。

それに与えられた『真名』が何であったのか、モヤが掛かったように思い出せない。

明らかに不便であるにもかかわらず名前を与えないのは、宗教的な理由かそれとも大人の事情かは知らない。


そんな子供達が集められたのは、円状の壁に囲まれた空間だ。

丁度南中した太陽の光が差している。

どうやらあの暗い部屋から出てきたタイミングは子供ごとに違うらしく、ここを初めて見た子供達は興味深そうに周囲を見回していた。

「それでは『体力訓練』を始める。木刀を持て」

そう低い声で命令をしてくるのは、ローブを着た男だ。

彼の足元には、俺たちの人数分以上の木のナイフが入った箱がある。

俺たちを暗殺者にでも育てるつもりだろうか。

箱に群がる子供達が減ってきたところで、俺は余っていたナイフを拾い上げると、その時にローブの男と目が合ったのに気づく。

「……早く戻れ」

声に聞き覚えがあった。確か、俺を儀式に連れて行った無愛想な男だ。

俺はコクリと頷《うなず》いて子供達の群れに戻る。

「一列に並べ。それから素振りを始める」

慣れた子供達に倣って、空いている場所に移動する。

そうして男が初めにナイフでの素振りを見せる。

「左手は後ろか、前に持ってくるとしても胸元に当てておけ。振る時に邪魔になる。……そして、ナイフを使う時の基本姿勢は、こうだ。右手に順手で持ち、肘を曲げていつでも刺せるようにする。振っても突いても、この姿勢から始めて最後はこの姿勢に戻るようにしておけ」

男は堂に入った構えから、突き、切り下ろし、切り払い、様々な角度での攻撃を見せる。

「まずは突きから始めろ」

「「「はい！」」」

もちろん素直な子供である俺も、彼の指示に従い虚空に向かってナイフを振る作業を始める。

前世の記憶でもナイフの振り方についての情報はヒットしなかったから、おそらく包丁しか握った事はないだろう。

なので男の所作を思い出しながらナイフを振る。

突きは出来るだけ、体から伸びる直線の軌道を意識しながら動かす。

「ふっ……ふっ……ふっ」

体重が軽いせいか腕を振るだけで体が流れる。

それに、尻尾があるせいで体のバランスが前世の感覚からズレていた。

そこで、尻尾の動きも意識しながら腕を振ると少しマシになった。

代わりに丁寧に動きすぎて、今度は一振りの速度が落ちる。


木のナイフは子供の手に合わせたサイズで軽く、動きもそれほど激しくはないが、こうも繰り返していると少しずつ腕に疲労が溜《た》まってくる。

「あっ」

隣の少年がナイフを取り落とす。

突きの勢いで飛んだナイフが地面の砂を削り、砂埃《すなぼこり》が立つ。

「……何をしている」

「な、ナイフをおとしただけで、ウグッ！」

訳を説明しようとした少年は、男に蹴飛ばされて地面を転がる。

「早く拾え」

「うっ……はい」

砂で体を汚した少年は木のナイフを拾い上げる。

「……はい」

涙目でナイフを構える。

「力を入れて握りすぎだ。だから直《す》ぐに疲れる。持つ時は小指と薬指だけ意識して握り込む。そして、突く時、切る時だけ手に力を入れろ」

「？　はい」

叱責が飛んでくると思っていた少年は、少し戸惑いながら相槌《あいづち》を返す。

「振ってみろ」

「こう、ですか」

「もっと力の入れ方に強弱をつけろ」

「はい！」

そう言って何度か指導を受けながら振る度に彼の動きから無駄な力みが無くなっていく。

それを自覚した少年の瞳は光を取り戻す。

「……ナイフは死んでも落とすな」

「はいっ」

なるほど、よく分からんがナイフを落とすことが彼の逆鱗《げきりん》に触れるらしい。

彼の返事に頷いたローブの男は、その場を離れていった。

隣でその指導を聞いていた俺も男の言葉を思い出しながらナイフを振ると、これまでよりも少ない力で振ることができた。

一心に振るっていると、男の足音が俺の後ろで止まる。

……何だ。

「……ふっ……ふっ……ふっ」

「……」

普通だったら、素振りを止めて何か問い掛けたり、後ろに視線を向けて様子を窺《うかが》いたいところだが、生憎《あいにく》ここは普通の環境ではない。

素振りを止めたら間違いなく殴り飛ばされるだろう。

この貧弱な体では、手加減なしに殴られたら骨折どころじゃ済まない。

「……ふっ……ふっ……フっ……」

内心でビクビクしながら素振りをしていると、止まっていた足音が動き出す。

数秒後、視界の端で子供が殴り飛ばされるのが見えた。

……うん、ロクな世界じゃないな。

外の様子でも見られないかと思っていたが、この調子では許可なく出たら即殺されるなんてこともありそうだ。

その後もぶっ通しでナイフを振らされ続けていた。『体力訓練』の終わり際、ナイフを箱に戻した後の事だ。

「……そこの黒髪の蛇人族」

「……あ、は、はい？」

一瞬誰のことを呼んでいるか分からなかったが、明らかに俺の方を向いて言っていたので俺のことだと気づいた。

どうやら、蛇の特徴を持つ人間は蛇人族という種族らしい。

俺以外にも顔や腕に鱗《うろこ》が付いている子供や、尻尾が生えている者も居るが、蛇の尻尾が生えていて黒の交じった髪を持っているのは俺だけだった。

男が懐を漁《あさ》ると、チャリ、と金属が擦《こす》れる音がする。

「手を出せ」

「？……はい」

俺は両手を器のようにして差し出すと、男が一枚のコインを俺の手のひらに置く。

「夕飯の時にシスターに渡せ。肉が出る」

な、なるほど。

褒美のような物か。そう思ってポケットにそれを入れると、周囲が「今日はアイツか」などとコソコソ言っているのが聞こえる。

このご褒美コインはこれまでも毎日与えられていたんだな。

ポケットに入れて手でコインの表面をなぞると、表面に何らかの記号が刻まれていた。

これが貨幣で、表面に数字が刻まれているのか、それとも『肩叩《かたたた》き券』のように文字が刻まれているのかは分からない。

このコインが、男の手作りで表面に『お肉』とか刻まれているのを想像してしまい、思わず笑いが込み上げるのを抑える。


「次は瞑想《めいそう》室で、操気訓練を行う」

そう告げた男はもう仕事は終わったといった様子で、運動場を去る。

操気とは？　と疑問を抱く俺とは反対に、子供達《たち》は嬉《うれ》しそうな気配を発していた。

「それでは瞑想室に案内いたします」

いつの間にか、俺達の背後に青年が控えていた。

見たところ、十四、五歳くらいだ。

俺は五歳くらいなので余計に大きく見える。

種族はプレーンな人間、では無いな、鹿みたいな角がある。

そして、最も目立つ点は腕だ。

右の肩から先が無かった。

もしかすると戦闘が出来なくなった者に仕事として雑用をさせているのか。

彼に従って歩いていると、途中で別の少年達の集団とすれ違う。

彼らは俺達よりも一つか二つ年上に見える。

そんな集団が俺達とは反対方向、運動場に向かって行った。

案内人の青年は彼らの動きに釣られて一瞬視線で追いかけるが、思い直したように直ぐ正面に戻す。

彼の行動からは未練が感じ取れた。

◆◆◆◆

辿《たど》り着いた部屋は少し薄暗かった。

窓の代わりに鎧戸《よろいど》が窓枠にはまっていて、直射日光を遮っていた。

とは言え、光は入るので互いの顔くらいは見える。

そして、この部屋の先客の姿も見えていた。

「ようこそ瞑想室へ、これから『操気訓練』を始めようか」

男はローブを着ているが、これまで見てきた大人と違ってフードから顔を出していた。

フードは被《かぶ》っていなくても良いんだな。

そして、縦に切れ目の入った瞳孔と、頬に見える鱗。恐らく蛇人族《どうぞく》。


「さあ、好きな所に座っていいよ」

男が指し示した先には、丸テーブルに四つの椅子が並べられていて、俺はレストランやカフェを思い浮かべる。

ただテーブルには料理の代わりに蠟燭《ろうそく》が立てられていた。

俺達はそれぞれ近い席に腰を下ろす。

俺が座った席以外には、猫耳の生えた少年と、犬耳を生やした少女、そして耳の長い少年が座った。

耳が長い少年は想像していたエルフに近い。


男は俺達の目の前にある蠟燭に火を灯《とも》して行く。

俺は周りの子供たちの顔色を窺う。

どうやら彼らもこれから何をするかは知らないみたいだ。

「『操気訓練』は気の力を引き出すことを目標にしているんだ。蠟燭の火をじっと見つめながら、自分の中で力が動くのを感じ取ってみてほしい」

男は優しい口調で説く。

「手は膝の上で軽く握って置く、出来るだけ楽な姿勢で……呼吸もゆっくり、吸ってー、吐いてー、吸ってー、吐いてー……うん、良いね。そのまま、体の内側に意識を向けて……」

男の言葉を聞き流しながら、感覚を研ぎ澄ます。集中、集中。

そうすると、見えているし、聞こえているのに、外界の全てが雑音のように脳内を滑って行くようになる。

余計な情報が頭から追い出されて、残った触覚が鋭敏になる。


（……これか？……いや、これは心拍だな）


もっと、もっと深い所へ潜っていく。

しかし、ボタンを掛け違えたかのように、気と呼ばれる何かを見つける事はできない。

もしかすると、俺には備わっていないのかも知れない。そんな不安が過《よぎ》る。

そもそも、気とは何だ。

俺は前世にはなかったであろう魔法のエネルギーを想像していたのだが、それすら誤りなのか、下手すると宗教的な超科学的不思議エネルギーの事を『気』と称しているのか、完全に疑心暗鬼に陥っていた。

行き詰まりを感じ、集中を解くと周囲の情報が視界に入るようになる。

視界にチラつく火の残像を振り払いながら、眼球だけを動かして正面のエルフの少年を見る。

少年は半目でユラユラと揺れる火を見据えながらも、彼の周囲だけ時間が止まっているかのように澄んだ空気を纏《まと》っている。

「っ！」

不思議と息が詰まるような緊張を覚える。

確かにこれは魔の力というよりも気と表現するのが分かる。

「分かるかい？　彼が気を発しているのが」

いつの間にか肩に手を置いていた蛇人族の男が、楽しそうに語りかけてくる。

ああ、嫌と言うほど分かる、理解させられる。エルフの少年もお前も、何か違う気配をさせているのが。

「彼は才能があるね」

男は目を細めて笑っていた。

心の内が読み取りづらい笑みだが、その言葉は才能を持たない者を嘲笑《あざわら》っているように感じた。

俺は曖昧に笑顔を作る。

「……まだ、分からないかな。君には」

肩に置いていた手を離し、俺の頭を優しい手つきでひと撫《な》ですると、蛇人族の男は身を翻した。

◆◆◆◆

「今日はここまでにしよう」

子供たちの眼前の蠟燭があらかた消えたのを確認した男は、そう言って『操気訓練』を終えた。

結局、俺は『気』の感覚を摑《つか》むことが出来なかった。ただ、それは何かが足りないのでは無く、何かを見落としているような口惜しい感覚だ。

「優等は君にあげよう」

そうしてコインを握ったのは、エルフの少年だった。彼は瞑想の時に異質な気配を漂わせていたので、俺としては納得せざるを得なかった。

「それじゃあ夕食に行っておいで」

男が手を叩くと、子供たちはもう夕食かと驚きの表情を浮かべた。

俺も驚いていた。

昼頃から始めて体感では二時間程度しか経《た》っていないと思っていたのに、その三倍は時間が過ぎていたということになる。

確かに空腹は感じる。そう思いながら、席を立つと目眩《めまい》がしたようにふらついた。

……なるほど。確かにそれなりに時間は経っていたようだ。

前世の習慣か、凝り固まった体をほぐしながら食堂へと向かう。

そう言えば、コインをシスターに渡せば肉が貰《もら》えるんだったな。

絶食で落ちただろう体重を取り戻す為《ため》にも肉は有り難い。

間違い無く物騒だろう外の世界へ出る為にも力は欲しい。技術は盗むことが出来ても、パワーの源である体は一朝一夕では手に入らない。

訓練では優等を取れるだけ取っていく。

手を抜くつもりは無い。

◆◆◆◆

夕食を終えた子供は濡《ぬ》らした布で体を拭く。

近くに川が流れているようで水には困らないが、一々沸かす手間をかけるつもりは無いのだろう。

部屋ごとに水桶《みずおけ》が配られて俺たちはそれを分け合った。

その時に自分の体を観察する。

尻尾が尾てい骨の辺りから生えている事や、脇腹の辺りにも鱗《うろこ》があることに気づいた。

「おまえさあ。昨日までジセイ《自省》部屋にいたんだろ?」

「ん? ああ」

尻尾の鱗を拭っていると、同室の少年に話しかけられる。鱗の隙間を優しくなぞると少し心地良いな。

ちなみにこの部屋には俺を含めて三人の子供がいた。一人は今話しかけてきている、小柄で角の生えた少年、もう一人は猫耳の少女だ。

昨夜は医務室?のような部屋で寝たので『洗礼』を受けて以来、初めての集団部屋だった。

「んにゃあ」

猫耳少女は既に寝ていた。確かにあれだけ体を動かしていれば眠くもなるか。直後の瞑想《めいそう》の時間に眠気に襲われなかったのが不自然なくらいだ。

「あんだけ暗いとこによく居れたよな。オレは二日しか持たなかった」

「そうなんだ」

単純に彼との差は体力を温存したか、そうでないかくらいの違いだろうな。

「やっぱり尻尾がデカい方が長くもつんだろうなぁ」

「単純に獣人が多いからだろ」

獣人は動物と人間の混ざった種族全般の事だ。俺などの蛇人族や、そこで寝ている少女の様な猫人族がそれに当たる。

また、前世の世界の人間のような特徴の少ない者はこの世界では『人族』というらしい。『人間』は獣人など、人として生活する種族全般を纏めた呼び名のようだ。

彼の持つ角には、動物らしさは無く、『鬼』という奴《やつ》に似ている気がするので鬼人族とかだろうか。

彼が獣人では無いという俺の言葉に反論が無かったので、この予想は正しそうだ。

「そうかなあ。いやあ、でも今もジセイ《自省》部屋にいるだろ？　デカい尻尾のヤツが」

「……知らなかったな」

その言葉に、俺はピクリと反応する。

いや、反応したのは俺ではない俺、この体の持ち主だろう。

どうやらデカい尻尾を持つ彼女は彼にとってはトラウマの対象のようだ。

記憶を探れば、それも納得と言えるものばかりだった。

彼女と少年は『洗礼』までを同房で育ったのだが、なまじ外見での共通点が多かった為に、彼女の相手をさせられる事が多かった。

しかし外見上は似ていると言っても、実際は全く異なるだろう。

所詮は動物の蛇と、幻想種の竜とでは、な。

◆◆◆◆

あれから三日が経った。

日の出る前に起きて、点呼までに寝具を片付ける。

朝食を摂《と》り、それから昼過ぎまで『体力訓練』をして、その後は夕方まで『操気訓練』か『走破訓練』をする生活が続いた。

ちなみに『走破訓練』ではひたすら走らされる。初めは素振りをしていた広場で走らされたが、途中からは障害物が増やされた。『走破訓練』は最終的に森とかを走らされる事になりそうだ。

一方の『体力訓練』も、内容が単なる素振りから、寸止めでの組み手へとシフトしてきており、実戦を見据えているのが感じられた。

どうやら、俺は型を真似《まね》るのが得意らしく『体力訓練』では優等のコインをこれまでに二度貰うことが出来た。

しかし『操気訓練』の方は酷《ひど》いモノだった。

コツさえ摑めれば出来そう！　とか思っていたが自身の奥底にあるそれに掠《かす》る気配さえ無い。

子供達《たち》の中で気に目覚めた者の数は段々と増えてきて、今は三分の一程になっている。

その中で割合が最も多いのはエルフだ。スピリチュアルな力の操作に長《た》けている種族なのだろう。

逆に最も少ないのは獣人だ。こっちは肉体労働に向いているが、代わりに小難しい気の操作は苦手としているのだ。

俺も獣人の区分に入るが、運動能力は並より若干上といった感じだ。なんとも残念だが、代わりに第三の目《ピット器官》がある。

そして肉体においても気の操作においても平均を行くのが、プレーンな人間、人族だ。

この並びは当初から予想していた通りだった。ちなみにエルフは森人族と呼ばれ、もっと大きな区分だと妖精種というものがある。

つまり俺が獣人種の蛇人族と分類されるように、エルフの少年は妖精種の森人族に分けられる。

そして俺がエルフと呼んでいる者の中には厳密には森人族で無いものも含まれている。

肌が暗い色だったり、何なら緑の肌を持つ者もいるのだから間違い無く違う種族だろう。

だから耳が長いのは妖精種だけと考える方が良い。


そして、この中のどれにも入らない者は、魔人種に区分される。同室の鬼人の少年などがそうだ。

ただこの区分は『その他』という意味合いで使っているだけであり、魔人種のそれぞれの種族、例えば吸血族《ヴァンパイア》と鬼人族が近しい訳では無いのがややこしい所だ。


そして、目の前の少女もこれに分類される。

「ガアアアアアアアアァ！！！！」

「……猛獣め」

『体力訓練』の師範の男が、竜人の少女を引き摺《ず》って連れて来る。

もう一人の俺にとって彼女は暴君だった。

気ままに暴れて、疲れると眠るが直《す》ぐに回復してまた暴れる。そして何故《なぜ》か俺が矢面に立たされてばかりだった。

彼女は地面に足を突き立てて抵抗するが、男は怪力で、地面に罅《ひび》を入れながらも歩くのと変わらない速さで引き摺る。

「今日は昨日と同じく、ナイフでの組み手だ」

そして、俺たちの前に彼女を投げ捨てるといつものように訓練を始めようとする。

しかし、それを邪魔する者が現れる。

「………なァアアアア！！！」

自分を無視したと思った少女だ。その態度がプライドの高い彼女の逆鱗《げきりん》に触れた。

明らかにその体軀《たいく》には不釣り合いな力が地面にかかり、割れる。

彼女は『操気訓練』を受けていないにもかかわらず、全身から気を滾《たぎ》らせていた。まだ気を感知できない俺でも気配からそれが分かった。

そして有り余るそれを自身の力に変えて、男に飛び掛かる。

「……ふむ」

師範が息を吐くのと同時に、一瞬の間に彼らの間で爪と拳が交錯する。

「ガ、あ……」

師範の肘だけが彼女の鳩尾《みぞおち》に当たり、激痛に顔を歪《ゆが》める彼女だが、壁に着地すると、その姿を消す。

それを見た師範が拳を振ったと思えば、その先に彼女の顔面が現れる。

「フグッ……」

「力だけの獣など恐るるに足りない」

今度は逃がさないとばかりに彼女の手首を掴《つか》んだ師範が、瞬時に手刀、肘、膝の多彩な打撃を小さな体に叩《たた》き込む。

「あ」

「疲れたか。眠るにはまだ早い」

痛みで彼女の体から力が抜ける。

抑揚の無い声で師範が挑発すると、ギョロリと目を見開いた少女が肺に息を溜《た》める。

嫌な予感がして俺が耳を押さえた瞬間に、その口から咆哮《ほうこう》が放たれる。

「■ア゙ア■アア゙ア！！！！！！」

それを受けた数人の子供たちがその場に倒れ伏す。耳から血を流している者もいた。鼓膜が破れたのだろう。

耳が良い種族の子供は直撃を受けていなくとも、具合が悪くなってその場に座り込んでいた。

しかし、それを至近距離から受けた師範はわずかに眉を顰《ひそ》めるのみ。

「……ちっ」

「ヴッ」

喉を殴られた彼女は、強制的に咆哮を中断させられる。

師範が彼女を地面に倒すと、両膝で押さえ込みマウントポジションを取る。

「ッ～～～!!」

上に乗った師範を落とそうと彼女が踠《もが》くが、体重の差や技術によって抑え込まれる。

そして竜人の持つ力強い尻尾によって叩き落とそうとするも、それを予期した師範がさらりと避けて仕返しに拳を撃ち下ろす。

「ヴガ……ブッ」

抵抗すれば容赦なく拳を落とす。

顔が腫れても、血を流しても止まる気配はない。

「ゥ……ァ……」

「起きろ」

気絶すれば、頬を張り意識を引き戻す。

そこからは作業だった。

彼女の意志を挫《くじ》くのを目的とする作業。

彼らにとって都合の良い道具に変えるための作業だ。

多分彼女は自省部屋に入れられても、音を上げなかったのだ。彼女の強烈な自我は薬でも暗闇でも折りとることができなかった。

そして、大人たちは諦めて、彼女よりも強大な暴力によって支配する事に決めたのだろう。


――ひどく滑稽だ……。


俺は静かに笑った。

五歳の少女に劣る精神しか持ち得ない自分も、それを必死に折ろうとする大人も、きっと暴虐を暴力で挫かれる少女も、滑稽だった。

そして最もおかしかったのは、そんな彼女が折れる訳は無いと、もう一人《少年》の俺が思っている事だった。

今日は耐えきれても明日は？　一月後は？

いつまでもその激情を持ち続ける事なんて出来ないだろう。いつかは折れる。

折れてしまえばいい。

折れてくれないと俺が困る。

そうしないと俺が弱い人間みたいだ。


結局、彼女は瀕死《ひんし》まで逆らい続け、ボロ雑巾のような姿を晒《さら》した後に、広場から連れて行かれた。

俺たちは彼女が流した血の跡を遠巻きにしながら組み手を行う事になった。

他の子供達は師範が見せた圧倒的な暴力を前に恐怖を抱いたようだが、もう一人の俺は暴君が成敗されてスッキリした感覚を抱いていた。どうやら彼は竜人の少女に対して相当に鬱憤が溜まっていたようだ。


その日の優等は体格に抜きんでた虎人族の少年が取っていた。

一度彼を相手にしたが、この年頃では体重イコール力だと納得した。

俺の体の成長は平均の域を出ない。

鍵になるのはやはり肉体以外の力……気か。


午後は『走破訓練』だったので、夕食をとった後、同室の二人は布団に突っ伏してそのまま眠りに落ちていた。

俺は体を拭くまでは眠気で今にも倒れそうだったが、不思議と横になると目が覚めてしまっていた。

真夜中、両隣から呼吸の音が聞こえる中、俺は静かに瞑想《めいそう》をして過ごした。

◆◆◆◆

今日も竜人娘は『体力訓練』の師範に丹念に叩き潰されて、既に訓練場を去っていた。

その時の反撃がローブをかすめてフードが外れ、師範の顔が晒された。

見かけは金髪碧眼《へきがん》の人族だった。あの怪力から鬼人族あたりを想像していたので少し意外だった。力は気でカバーしているのだろう。

竜人娘がボロボロになるのを毎日見ていた子供らは、初めは毎度憂鬱そうにしていたが、段々と慣れて日常の一部となっていた。少なくとも大人に従順であれば、理不尽な暴力は自分に向けられないのだと気づいたのだ。

大人の期待した通り、『大人に従順な方が楽に生きていられる』という考えが子供たちに根付いた瞬間だった。

そんな彼らを尻目に俺は、自分だけは違うと目を逸《そ》らして、時間があれば瞑想によって自分の心を見つめ続けた。

◆◆◆◆

そして、遂《つい》に、『操気訓練』の成果が出た。

『体力訓練』で組み手をしている時の事だった。

組み手の相手は俺と同じく蛇人族の少女だ。

「ほら、ほらほらほらほらぁ！」

彼女は優越感を滲《にじ》ませた表情で、紫の髪を振り乱しながら、ナイフも一緒に振り回す。

ナイフの振り方は下手なのに、力に任せた速度でこちらが翻弄される。

彼女は気に目覚めた側だった。どうやら彼女の速度は気によって強化されたもののようだ。

俺はなんとかナイフを受け流し続けるが、反撃に移ることは出来ずにいた。

「うあっ」

互いに立ち位置を変えながら、そんな状態を数十秒続けていると、突然に彼女の体勢が崩れた。

俺はその隙を見逃さず、距離を詰めると彼女の胸元にナイフを突きつける。

「あー、ハイハイ。わたしのまけ。おめでとー」

彼女は特に悔しそうな表情も見せずに両手を上げて降参を宣言した。

そして、彼女は自身の足元を見て先ほど体勢を崩した原因を見下ろす。

「うっわ、クソとかげの血じゃん……きたな」

どうやら、師範が竜人娘を折檻《せっかん》した時に出来た血溜《ちだ》まりを踏んで足が滑ったようだ。

蛇人族の少女の態度から血そのものよりも、竜人娘個人に対する嫌悪が感じられた。

彼女は地面の砂を掬《すく》い上げて、擦《こす》り付けるようにして付着した血を落とした。

完全に汚れが落ちてから、やっと彼女は再びナイフを構えた。

「はぁ、さいあく。ほら、もう一回やるから、早く」

「……」

ナイフを構えながら、彼女を観察する。

その時、胡座《あぐら》で瞑想をしている時にずっと感じていた、妙なズレがピタリと嵌《はま》った感覚がした。

「……ぁ」

視界が広がった気がした。第三の目《ピット器官》に気づいた時の感覚に近い。

これまでは目に見えない気配として捉えていた第六感が、しっかりと見えて聞こえる五感へと変わった。

自分を見ると、ユラユラと蠟燭《ろうそく》の火のように気が滲み出ている。

そして蛇人族の少女の方を見ると、俺よりも滲み出る気の量が多い。

それに意識的に動かしているせいか、揺らぎが少なかった。

俺の気が松明《たいまつ》の火だとすれば、彼女のはバーナーの火のような感じだ。一目で違いが分かった。

結局、慣れない感覚に足を引っ張られて、その後の組み手では彼女に翻弄されっぱなしだった。

しかし、お陰で気という新しい感覚に慣れる事が出来たと納得することにした。


問題に気づいたのは次の日の『操気訓練』での事だ。

気の感知だけでは戦闘の役に立たない。

自身の奥底から気を引き出すか、体内を満たす事で初めて意味を成す。

『操気訓練』では気を体の外に引き出す事を【放気《ほうき》】、引き出した気を体全体に纏《まと》うのを【充気《じゆうき》】という。

【放気《ほうき》】は単体では少しの強化しか出来ないが、これを習得する事で気の操作を練習することが出来る。

そして【放気《ほうき》】を足掛かりに習得する【充気《じゆうき》】に肉体を強化する効果がある。

普通の人間は何もせずとも気を体外に放出している。俺もそうだ。

その量を意識的に増やすのが【放気《ほうき》】だが、俺にはこれが難しかった。

感知を習得した子供が、そのままストレートに【放気《ほうき》】を習得するのを歯痒《はがゆ》い思いで俺は見ることになった。


皮肉な事に、放出する気の量を減らすのは簡単に出来た。それはそれで別系統の技術らしいが、今は必要では無いものだと指摘された。

むしろどちらも出来ない方が分かりやすかっただろう。俺には気が操作できないと諦める事が出来たのだから。

気の量を意識的に減らす事が出来てその逆が出来ない訳がない。

俺は粛々と鍛錬を続けた。俺が役立たずだと知られれば、生きてここを出られるとは思えないから。

◆◆◆◆

往往にして、試練とは求めない時に与えられるものだと実感する。

苦しい時ほど人は冷たく感じるし、溺れている時には藁《わら》すら投げ入れられない。記憶は無いのにその実感はある。

彼が神ならば、彼はきっと極度の人間嫌いか、極端なサディストに違いない。

俺は【放気《ほうき》】を習得するべく静かな環境を望んでいた。最低限でも現状維持が好ましかった。

それが奪われたのは他の部屋にいる子供たちが引き金だった。

部屋の割り当てに納得のいかない子供が強く不満を訴え、子供たちの入れ替えが行われることとなったのだ。

部屋割りは大人によって決められていると俺は思っていたが、大人たちが決めていたのは同期の子供達《たち》が使う区画の割り当てであり、『どの部屋に誰が入るか』は子供たちが決めていたのだ。だから人数が偏り、手狭なところもあったようだ。

俺は知らなかったが、初めに自省部屋から出た子供達がバラバラに入り、後から来た子供達がどの部屋に入るかを、既に部屋を持っている子供たちが決めていたらしい。

同室の彼らがドラフトによって俺を選んでいたと知って、暖かい気持ちになったと同時に別れが寂しくもなった。

そして彼らが提案した割り当てに従って部屋を移動した時に、彼らの罠《わな》に気づいた。

同時に元同室の鬼人の少年の角を折り、猫耳少女の尻尾を引きちぎりたい気持ちにさせられた。

子供達が割り当てを変更したがったのは、部屋が狭いから、ではなかった。


「……押し付けやがったな……っ！」

——俺は『竜人ちゃん係』になった。


その部屋の中の状況は惨憺《さんたん》たるものだった。

布団は散らかり中の藁や鳥の羽根が散らばっている。

呆《あき》れて壁を見れば、斜めに並んだ四本の切り傷が走っていた。

……クマの縄張りに入ったような気持ちだ。

記憶にある中でも、竜人娘がこれほど荒れていた時は無い。恐らく師範にやられた後に八つ当たりしたんだろう。毎回瀕死《ひんし》になっているのに毎日元気に歯向かうことができるのは優れた治癒力を持っているから、か。

「はぁ」

そして、先程から存在感を訴える部屋の中心に目を向ける。もちろん溜《た》め息《いき》を吐《つ》いたことは気付かれないように。

「……」

わぁ、しっかり見てる。

その少女が持つ銀の鱗《うろこ》、金の瞳、何よりこめかみの辺りから生えた角が、彼女が『竜』であることを主張している。俺よりも太く、逞《たくま》しい尻尾をゆらゆらとさせている。

彼女は奥の布団に横になって天井を向いていた。

そして鱗と同じ銀色の髪越しに、横目でコチラを観察している。

恐らく俺が彼女の気分を害する存在か見極めているのだろう。

そしてその時点で彼女が俺を忘れている事が判明した。目をつけられていなくて良かったと思う反面、何故《なぜ》だか負けた気分になる。

だが、俺は彼女の扱いを心得ているので『俺のこと覚えてる？』なんて主張は絶対しない。

記憶から総合した彼女への対処法を、一言で表すならば、『触らぬ神に祟《たた》りなし』だ。

彼女の性格は良く言うと誇り高い、悪く言うと驕《おご》っている。

彼女はプライドを傷付けられるのを酷《ひど》く嫌う。

例えば彼女から枕を奪ったとしよう。

勿論《もちろん》彼女はキレる。コイツなら盗んでも大丈夫と舐《な》められるのが我慢ならないからだ。

逆に枕を持たない彼女に枕を差し出したとしよう。

これも彼女はキレる。可哀想《かわいそう》と思われるのが我慢ならないからだ。


彼女と遭遇した場合、『はなす』『たたかう』『にげる』、どれを選択してもゲームオーバーだ。

正解は、コントローラーを手放して震えながらコマンドが消えるのを待つ事だ。


今日は幸いにも彼女の機嫌は良い。

……俺の感覚では、睨《にら》みつけている様にしか見えないが、この体の持ち主——俺はそう判断している。

軽く頭を下げて、敬意をアピールしておく。

そうしないと無視されていると思われてキレる。体に染み付いたお辞儀が自然と出る。

どうやら俺は卓越したお辞儀の使い手だったみたいだ。

そして無事な布団を探す、が、彼女の下に四枚重なっているのが見えた瞬間に未練を断ち切る。

散らばった藁と鳥の羽根をかき集めて、無理やり破れた布団に詰め込んだ。

そして切れ端で布団の切り口を強く結んで中身が漏れない様にする。

そうして作った即席の抱き枕と共に俺は寝転がった。

彼女からの視線はいつの間にか感じなくなっていた。試験にはパスしたらしい。

彼女のプライドは依然高いまま、媚《こ》びず退《ひ》かず省みず。ハリネズミの様に尖《とが》りに尖った彼女の気性がいつまで持つだろうかと思いながら、体力の消耗と緊張からくる疲労で眠りに落ちた。


次の日、食堂に着くと元同室の鬼人族の少年が申し訳なさそうな顔をしている。

そんな顔をするくらいなら初めから謀らなければ良かっただろうに。

俺は目を細め静かな怒りを表現してから、視線をそらす。

騙《だま》し討《う》ちのような真似《まね》をしたんだ。むしろここで怒りすら見せなければもっと調子に乗るだろう。

予《あらかじ》めきちんと相談されていれば……まぁ、断っただろうが。

後で何らかの形でやり返そうと決める。

◆◆◆◆

『体力訓練』と呼ばれていた教育は、いつの間にか『戦闘訓練』へと名前が変わっていた。

そして、組み手でも寸止めを要求しなくなる。

「っおい……怒ってる、だろ？」

「当たり前、だ」

同時に放った突きを、受け流される。

「うぐ」

突きを目隠しに放った蹴りが、太腿《ふともも》に入り頭が下がった所で、首元にナイフを添える。

「っつ……俺の負けだよ」

「……もう一回やろう」

「はあ、ネチッこいな、お前」

結局鬼人族との組み手は俺が全て勝った。

その日は運良く優等のコインを受け取る事が出来た。

◆◆◆◆

「うーん。不思議だねぇ」

俺の肩を揉《も》みながら、蛇人族の師範が唸《うな》る。

やはり気の放出、【放気《ほうき》】が出来ないのにその逆はできる状態というのは少しおかしいらしい。

『操気訓練』で俺が瞑想《めいそう》している後ろにやって来た師範は、よくこうやって肩に手を置くのだ。

「彼を信じるならば、そこで躓《つまず》く事は殆《ほとん》ど無いはずだけどね？」

肩を揉んでいた手が止まり、僅かに首元に寄る。

ここで妙な反応を返せば殺される。俺の嗅覚がそう言った。

俺は彼を信じている。俺は彼を信じている。俺は彼を信じている。俺は彼を信じている。

俺は彼を信じている。俺は彼を信じている。俺は彼を信じている。俺は彼を信じている。

俺は彼を信じている。俺は彼を信じている。俺は彼を信じている。俺は彼を信じている

──。

「そうですか。他に思い当たる原因はありませんか？　早く【放気《ほうき》】を身に付けたいのです」

「……うん？　そうだねぇ……」

師範は可哀想なものを見る目をして、記憶を探るように目を伏せた。

どうやらやり過ごせたらしい。

そして、結局ロクなアドバイスは出てこなかった。

◆◆◆◆

「あああああああ！！！！」

竜人娘は今日も元気だった。

夕食を終えて部屋に戻ると、予想していた通りの光景に遭遇した。

ちなみに彼女は毎日朝の訓練の際に満身創痍《まんしんそうい》にされているので、午後に行われる『操気訓練』にも『走破訓練』にも参加したことは無かった。

毎朝彼女は『体力訓練』の師範に無理やり連れて行かれて、子供たちの前でボロボロにされて、治療された後この部屋に戻されているのだろう。

しかし、治療も十分では無く、彼女の体に血が滲《にじ》んでいる。

そのせいで部屋に積まれた布団は赤く染まっていた。

なるほど、部屋割りの変更が提案される訳だ。

流石《さすが》に血塗《ちまみ》れの布団では寝たくないな。


「……なに、見てる」

おっと。

「水桶《みずおけ》とタオルを借りてきたけど、使う?」

彼女はむくりと起き上がる。

痛々しい傷が全身に残っていた。

「外にでてろ、蛇モドキ」

「わかった」

相変わらず、あどけない声で辛辣な物言いだ。

俺は爆発寸前の彼女を刺激しないように、素直に従う。

桶とタオルをその場に置き、後ろ手で扉を閉める。

「……久しぶりに声を聞いた」

怒りの叫び声や、鼓膜を破く勢いの咆哮《ほうこう》は何度も聞いていたが、まともな言語を聞いたのは『俺』になってからは初めてだった。

傷だらけの彼女が使った後の水は血で汚れているだろうことは簡単に想像が付くので、隣の部屋に使わせてもらえないか頼むことにした。

彼らは渋ったが、『怒り狂った竜人をけしかけても良いんだぞ』と仄《ほの》めかしながら頼み込んだら快く使わせてくれた。

彼女の持ち物を奪って隣の部屋に放り込めば、俺諸共《もろとも》彼らは間近で咆哮を受けることになるだろうから、脅しは完全なブラフでは無い。

そして、水桶の後片付けも彼らに任せた。

俺は自室の方の後片付けをしないといけないからだ。

俺が部屋に戻ると、彼女は上着の裾を整えていた。

桶の中を見ると、やっぱり真っ赤だった。

まだ就寝するには早い。

どうやら俺は蛇人族の特性のせいか、夜にあまり眠気を感じない。

夜行性なのかもしれない。

いつもだったら布団に潜り瞑想を始めているところだったが、この部屋の環境では集中が削《そ》がれそうだった。

血の臭いもするし、衛生面も気になる。

俺は、部屋を掃除するために、桶に水を汲《く》み直すことにした。


「身を清めるための水は一部屋につき、一杯だけですよ」

シスターはそう言って俺の頼みを断った。

このコミュニティでは、同じ時期に洗礼を受けた子供の面倒を見る大人が決まっている。

そして俺たちの学年？　を担当しているのが、『体力訓練』の師範である人族の男、『操気訓練』と『走破訓練』の二つを担当する蛇人族の男、加えて生活面を見ているシスターの三人だ。

ちなみに怪我《けが》をした際に、軽度のものであればシスターが診ることになる。なので竜人族の彼女が怪我をしていることは知っているはずだ。

「同室の子……竜人の子の血で部屋が汚れてしまっていて、掃除をしたいのですが……」

俺は子供の可愛《かわい》さを前面に押し出して、上目遣いでシスターに頼みこむ。

「ああ、アレですか。だから私は処分した方が良いと言ったのに……」

こちらを一瞥《いちべつ》もせずに、冷たく吐き捨てた。

頼む相手を間違えたか。子供には甘いタイプだと思っていたが。

「……まあ、良いでしょう。その代わり自分で汲みなさい。私はもう寝ます」

俺は井戸から汲み上げた水を持って部屋に戻る。

すると、俺の部屋の正面の壁に一人の少年が倒れ込んでいるのが見えた。

隣部屋の虎人族の少年だった。血塗れだった。

「あー……」

とりあえず隣部屋の子供に彼の回収を頼んで、俺は自室に戻った。

竜人娘は部屋に戻った俺の手元の水桶を見て怪訝《けげん》な表情を浮かべる。

一方の俺は、部屋の血痕が更に増えているのを見て苦々しい表情を浮かべる。

俺は彼女の存在を気にしないようにしながら、部屋の掃除を始める。

俺はそれ程綺麗《きれい》好きでは無かった筈《はず》だが、俺は割と掃除が嫌いでは無いらしい。汚れが自分の手で消えていくのを見るのは気持ちが良かった。

それに俺は知識として、健康のために衛生環境が重要であることを知っている。どうやらこの世界は外傷の治療には手厚いようだが、病気を治療できるかは怪しい。これも死を遠ざける自衛だと思えば苦にもならない。

俺は、死が怖い。怖くて仕方が無い。

死を避けるなら人生の全てを懸けることも、プライドをドブに捨てることも喜んでできる。他人が汚した部屋を掃除することなど、天秤《てんびん》に載せるまでも無い。

そもそも、注意しても自分でやるとは思えない。

彼女は人の言うことを聞いたら死ぬタイプの竜人だ。


しかし、愚かでは無い。

そこで、怪我をした彼女が部屋を汚さないように、三度水を入れた桶を部屋に置いておくことにした。

これで血に汚れたまま布団を使うこともないだろう。

◆◆◆◆

次の日、部屋に戻ると血で汚れた水桶があった。

どうやら、彼女が自身の汚れを落とすために自分で体を拭ったらしい。

代わりに布団の方は綺麗なままだった。

水桶を戻して来るのが理想的だが、ボロボロの状態の彼女にそこまで求めるのは酷だろう。

俺は静かに頷《うなず》いた。

――一章『暴君の目覚め』

その日は『走破訓練』で歩法と言われる技術を教わった。

担当は蛇人族の師範だ。この師範は人族の師範やシスターと比べると若く見えるが、かなり鋭いので二人よりも油断ならない。

先日『彼を信じていないのではないか』とカマを掛けられて冷や汗をかいたことを思い出す。

そんな彼が教える歩法というのは、要は走り方だ。

走り出しの姿勢を変える事で、一瞬でトップスピードへと加速する【瞬歩《しゅんぽ》】と言われる技術だ。

歩法というだけあって、名の付く技術は【瞬歩《しゅんぽ》】だけではないようだ。

子供たちの多くが【放気《ほうき》】を身に付けつつある状況では、俺の身体能力は下から数えた方が早い。

こういった身体能力の差を埋める技術の存在は有り難かった。

夕食後、俺は自室の隣の部屋をノックする。

俺が居ない間にこの部屋の虎人族の少年が竜人娘にちょっかいを出していたことを受けて、ある可能性を危惧していた。

それは彼女が彼らに舐《な》められているのではないか、ということだ。

別に彼らがどれだけ喧嘩《けんか》を売ろうが好きにすれば良い。

しかし、間違いなく俺がとばっちりを受ける事になる。

だって同室だから。

出てきたのは虎人族ではなく、土精族《ノーム》の少年だった。

土精族《ノーム》は小柄で肌が黒く、見た目が幼いまま育つらしい。

「ちっ、またお前かよ。もう水桶は返したぞ」

「いや、それは別の部屋に頼んだ」

負担が偏れば、また不満の声が上がりそうだからな。

シスターには『掃除をするために井戸の水を使う』許可を得ているので、最悪『自分の体を掃除するために使った』とゴネれば鉄拳制裁くらいで済むだろう。

俺は怪訝な顔をする少年に、本題を切り出した。

「あまり『アレ』にケンカを売るのはやめてくれないか？」

「別に俺は……」

「前に手を出してただろ。虎人族のが……もしかして、部屋移った？」

「いる、けど……はぁ、トラ。お前に用だってさ！」

追い払うのを諦めて、件《くだん》の虎人を呼び出した。

「眠いから、追いはらえよ、チビ」

同室だから呼び名が必要なのは分かるが、『トラ』に対して『チビ』とは力関係が透けて見えるな。

『蛇モドキ』と呼ばれている俺が指摘できることではないか。


「あ、おい！」

俺は『チビ』を静かに押し退《の》けて、部屋に踏み入る。

後ろから抗議の声が聞こえるが無視する。

「トラ、だったな。あんまりこっちの部屋にちょっかい出さないで欲しいんだ」

「はあ？　おまえ誰だよ。かえれ」

そういえば、俺が部屋にいる時に来たわけじゃないから、知らないのか。

「竜人がいる所の部屋長」

「ふうん。で？」

「『アレ』にちょっかい出さないでほ――」

「誰にケンカ売ろうがオレの勝手だろ。かえれ」

食い気味に断られる。一度ボロ雑巾にされているのに、懲りてないのか。

「後片付けが面倒なんだ」

「何でオレがお前の言うことを聞かないといけないんだよ」

トラは馬鹿にするように笑った。

……もしかしてトラは、竜人娘に勝ちたいとか思っている訳では無く、単に俺の言うことを聞くのが嫌なだけか？

そうだとしたら、俺は完全に余計な事をしたな。

「そう……」

「早くかえれよ、かーえーれーよー」

最悪彼らとやり合う気でいたが、無駄足だった事に気付いたので、大人しく帰ることにした。

「ハハッ、腰抜けがかえるぜ？」

「おいっ、やめろよトラ」

背後からトラが煽《あお》る声と、チビが制止する声が聞こえるが、どうでも良い。

多分トラは手を出さない。少なくとも一度やられた時の痛みを覚えている間は。

所詮、一度心が折れた側の人間なのだから。

「なんで……のこのこかえってきた」

怒りの表情を浮かべた竜人娘が、部屋に戻った俺を出迎える。

そう来たか……。

このパターンのキレ方は初めて遭遇する。

今の彼女の言葉を人間語に翻訳すると、

『私の小間使いのお前が舐められているのは間接的に私が舐められているのだから、馬鹿にされて反撃もせずに帰ってくるとは良い度胸だな貴様』

という意味だ。

集団同士での諍《いさか》いが初めてだから、今まで知らなかった彼女の一面だ。

どう弁解すれば良いだろうか。

『アイツは俺を舐めてるけど、アナタの事は怖がってますよ』

と言えば、

『私が間違っているって言いたいのか貴様！』

と怒るだろうし、

『俺は何とも思って無いですよ』

と言えば、

『貴様の話なんてしてないぞ蛇モドキ！』

と返って来るに違いない。

「……」

俺がどう話すか悩んでいると、苛立《いらだ》ちが増して来たのか、彼女の尻尾が宙でうねる。

全身から気が溢《あふ》れ出して、威圧感が増す。

……はあ。

「俺はアイツが何を言ってもどうでも良いから。何も言い返さなかった」

沈黙よりはマシだと考えて、正直に話した。

「蛇モドキのはなしはしてない」

瞬間、何かが迫り、眼前に腕を構えて防御する。

「ッ、ガハッ……」

尻尾の一撃でピンポン球の様に弾《はじ》かれた俺は、壁に強く背中を打ちつける。

前よりも力が強くなっていた。

手加減したのか、血は出ていないが、もし防御が間に合っていなかったら意識を失うぐらいはしていそうな威力だ。

「……ちっ」

舌打ちした彼女はのそりと立ち上がると、そのまま部屋を出て行く。

「痛《い》った……」

俺は背中をさすりながら呟《つぶや》く。その時俺は彼女に対する怒りの感情と同時に、何だか懐かしく、微笑《ほほえ》ましい気持ちを抱いた。

それはきっと俺では無い俺・のものだろう。暴力を受けて喜ぶなんて、流石《さすが》に狂ってる。


直《す》ぐに彼女は帰って来た。

その尻尾には血が付いていた。どうやら前回よりは軽めの仕置きのようだ。本気なら腕が血塗《ちまみ》れだったろう。

恐らく彼女本人に向けられた侮辱でない事が理由だ。

俺は帰ってきた彼女に絞ったタオルを見せる。

「そのままだと、布団が汚れる」

この時『汚れるから拭け』とは言わない。命令したらキレるから。あくまで間接的に行動を促すのが大事だ。

「ちっ」

この舌打ちは『言われなくてもそんなことは分かってたのに、でしゃばりやがってムカつく』の舌打ちだ。ギリギリ彼女の逆鱗《げきりん》には触れない筈《はず》だ。

彼女は腕を組むと、おもむろに背中を向けてくる。

俺が提案したのだから俺が拭け、ということだな。

ゆっくりと波打つ尻尾に左手を添えると、タオルで特に汚れている尻尾の側面を拭き取る。

同じ尻尾が生えている身だが、よくよく観察すると俺のものと彼女のものではかなり違いがある。

まず一目で分かる違いはその太さだ。俺の尻尾は腕と太ももの間ほどの太さだが、彼女のは太ももと同じくらい太い。

これだけ太ければそこから出る筋力もそれに比例した物の筈。尻尾の威力は気の力が無くとも蹴りと同程度だろう。

尻尾に添えた左手からは表面の瑞々《みずみず》しい感触とその奥の筋肉の詰まった弾力が感じられた。

そして、尻尾の背骨側に馬の様な鬣《たてがみ》が生えている。これは蛇に生えることが無いものなので興味深い。

あと、コレは太さの影響だと思うが、鱗《うろこ》一枚一枚が大きいのだ。そして立体的であり、鞭《むち》のように振るわれれば皮膚が削られそうな形をしている。

タオルで優しく縁をなぞる。触り心地もかなり硬めだ。

「……んっ」

そういえば鱗の縁はかなり敏感な所だったな。慌ててタオルを彼女の尻尾から離す。

彼女がこちらを振り向くが、俺は両手を見せて無罪《イノセンス》をアピールする。

「……」

俺がわざと尻尾にイタズラをしたのではないかと、彼女は懐疑に満ちた目を向けて来た。

しかしもう面倒になったのか、尻尾の先でタオルを持ち上げると、桶《おけ》に投げ入れる。

そして、さっさと自身の布団に行き寝転がった。

俺は以前に用意した抱き枕を探すと、それが彼女の枕になっていて、代わりに彼女の布団の一枚が転がっているのを見つけた。

彼女は一方的な施しを好まない。

これはトレードと解釈して良いだろう。

今日も竜人娘にまつわるトラブルのせいで、瞑想《めいそう》をする時間が減ってしまった。

明日以降はもっと減りそうだ。

シスターは彼女が反抗している事を苦々しく思っていたし、『戦闘訓練』の師範は彼女の意志を徹底的に潰そうとしている。

何より大人の意図に子供達《たち》が気付きつつある。両者が手を結ぶ時も近いだろう。

◆◆◆◆

その日の『戦闘訓練』はいつもとは違った。

訓練の内容が変わったとかではない。

始まる前からソワソワした空気を感じていたし、やって来た師範の様子も違っていた。

片手に竜人娘がいるのはいつも通りだが、もう片手には太い木剣を握っていた。

それを見て勘付いた一部の子供達の高揚がこちらに伝わって来た。

「昨日、この娘に理不尽に痛めつけられたという者は前に出ろ」

予想していた通り虎人族の少年と、少し意外な事に土精族《ノーム》の少年が集団の前に出た。

きっと虎人族の彼を仕置きした時に邪魔したか邪魔だったかのどちらかだろう。

そして、彼女への断罪が始まる。

「昨日の夜、この娘がお前達の部屋にやって来て突然暴行を加えた。これは事実か」

「はい！」

「……はいっ」

虎人族は声高々に、土精族《ノーム》は報復が怖いのか上擦った声で肯定した。

「それでは、この木剣で十度、打ち据えることを許可する」

「ガアアアアア！！！！」

激昂《げきこう》した彼女の背中を上から膝で押さえつけて無力化する師範。よく見れば彼女の腕は後ろ手に手錠が嵌《は》められている。流石の彼女もあの姿勢では自力で手錠を壊すなどは出来ないようだ。

彼女は地面に這《は》いつくばった状態で二人を睨《にら》みつける。

「へへ」

虎人族の少年、トラはお前など怖くないとばかりに笑い飛ばす。

そうして彼は木剣を大きく振り上げる。

その瞬間、彼の存在感が増す。いつの間にか【充気《じゅうき》】を身に付けていたらしい。

元々体格に秀でた彼が、気によって限界まで強化した身体能力を使って本気で木剣を振り下ろす。

「いちぃ!!」

「ァガッ」

「ハハッ、にぃ！」

「ヴッ」

「さぁん！　しぃ！　ごぉ！」

「グッ……ヴ……アッ」

「どうした！　手も足も出ないか！」

「フヴーーッ、フゥーーッ！」

「ろぉく！」

「ヴエッ……」

「ななぁ！」

「ガッ」

「はちぃ！」

「ヴ……」

「きゅう！」

「……」

「じゅーー、う!!」

「ヴッ」


カラン、とトラが投げ捨てた木剣が地面とぶつかる音がした。

何度も後頭部を叩《たた》かれて地面とぶつけられた顔面は血塗れだったし、前世なら後頭部も何らかの後遺症が残ってもおかしくない程強く打ち付けられていた。

トラは木剣で叩いた反動で痺《しび》れる手を振って、痛みを紛らわすと、その場で転《こ》けるフリをしてから彼女の頭を踏み付ける。

「しまった!! 足が滑ったぜ!!」

「……罰は十度叩くまでと言ったはずだ」

「すいませんでした。下がりまぁす」

「……まぁいい……次」

そして明らかに師範が指示した以上のことをしているにもかかわらず彼はそれ以上注意されることは無かった。

「は、はい」

土精族《ノーム》の彼は特に気で強化することも無く恐る恐る十回、木剣を振り下ろしたのだった。

それを確認した師範はその後も彼女が暴れているのを見て、口が利けなくなるまで叩きのめした後に広場から摘《つま》み出したのだった。

◆◆◆◆

「あああああアア！！！　ぁあめるなあぁアア！！！」

今日も元気だなあ、と思いながら部屋に入った俺だが、俺の姿を見た彼女が途端に目にも留まらぬ速さで部屋を飛び出していった。

そして隣の部屋から凄《すさ》まじい振動が伝わって来た。

その日も俺は【放気《ほうき》】を習得する気配は無い。

◆◆◆◆

次の日の『断罪』には三人が名乗り出た。

勿論《もちろん》隣室の彼らである。

特にトラは顔に傷痕が残っており、念入りに報復を受けたのだと分かった。それにかなり苛立《いらだ》っているのか、歯を強く噛《か》み締めている。

まさか、昨日の罰を受けて仕返しをしてくるとは思わなかったのだろうか、これまで師範に噛みつき続けてきたのを知らない訳じゃないだろうに。

「虎人族のお前は二十度、それ以外は十度打ち据える事を許可する」

昨日よりも打擲《ちょうちゃく》の回数が増えている。

トラは目を吊《つ》り上げながら、何度も何度も木剣を振り下ろした。

「ふんっ!! オラァ!! っふ!!」

「……っ……っ……っ……」

肝心の竜人娘は今日は吠《ほ》える気配は無く、その打撃に耐えている。

ただ静かに彼を睨みあげる。

その金の瞳には、激情が今にも爆発しそうな程に籠もっていた。

「っ!」

一瞬トラはその瞳に怖気付《おじけづ》いたが、自身が怯《おび》えた事を屈辱だと彼は思ったのか、雄叫《おたけ》びを上げ怒りで塗り潰して木剣を振り下ろした。

◆◆◆◆

「があああああああ!!!!!」

俺を待ち構えていた彼女が部屋を飛び出した。

彼らと彼女の根比べになるな。

彼女が帰って来たのはかなり遅くなってからだった。

おそらくだが、トラは別の部屋に移ったのだろう。


その日も俺は【放気《ほうき》】を習得する気配は無い。

もどかしさと焦りが湧き上がった。

◆◆◆◆

その日の『断罪』には十人の子供が名乗り出た。彼らの中には元同室の鬼人族と猫人族の彼らの姿もあった。

やはりトラ達は報復を恐れて部屋を変えたようだ。

そのせいで彼女は手当たり次第に攻撃をして回り、被害が拡大したらしい。


茶番の時間は前よりも長くなった。

『戦闘訓練』の後の『操気訓練』ではほぼ全ての子供が【充気《じゅうき》】まで身に付けていた。

俺は焦りを覚えながらも毎日瞑想をするが、結果はいつまで経《た》っても伴わなかった。

◆◆◆◆

その日の『断罪』は十人だった。
人数は同じだが、何人か入れ替わっていた。
もう彼女も全員の顔を覚え切れていないのだ。

◆◆◆◆

その日の『断罪』は十一人だった。

◆◆◆◆

その日の『断罪』は十三人だった。

◆◆◆◆

その日の『断罪』は十二人だった。

◆◆◆◆

その日の『断罪』は十五人だった。

◆◆◆◆

その日の『断罪』は二十人だった。

◆◆◆◆

そういった日が何日か続いて、ある時部屋に戻ると、彼女が静かな事に気づいた。

「……うっ」

部屋に漂う濃厚な血の臭い、思わず口元を手で覆う。

彼女が使えるように前日に汲《く》んでおいた水は水とは言えないほど赤くなっていた。

「ウ、ヴ……」

傷だらけの彼女が部屋の中央に蹲《うずくま》っていた。

回復の為《ため》に寝ているんだろう。

これは……最低限の治療さえ施さなくなったのか。

俺は血の溜《た》まった桶《おけ》を捨てに行った。


その途中に偶々《たまたま》、廊下でトラと出会った。

彼は四、五人の子供に囲まれながらこちらへ歩いていたが、俺の姿を見て口をへの字に曲げた後、下卑た笑みを浮かべ直すと、俺にわざと肩をぶつけてから歩き去って行った。

すれ違い様に彼らは『ネチネチ』という言葉を口にしていたが、これは最近呼ばれるようになった俺の渾名《あだな》だ。

好意的な呼び名でない事は分かる。

◆◆◆◆

結局その日、彼女が起き上がる事は無かった。

次の日の『断罪』は十五人が名乗り出た。

彼女は昨夜、誰にも拳を振るっていない。動くこともできずにずっと布団で蹲っていただけだ。

俺は納得した。

良くできたやり方だと。

大人達《たち》は、彼女の傲慢を砕く為に、彼女の自信の根拠となっている力を叩き潰した。しかし彼女は変わらず反抗した。

今度は彼女が他の子供と同等以下だという事を教え込む為に、大人が子供達の報復を手助けした、そう思っていた。

それは違った。

大人は彼女を子供の王国の奴隷に据えたのだった。

平民《こども》の鬱憤の捌《は》け口《ぐち》になった彼女。人並み外れて我慢強い彼女は、大人にとっては理想的なサンドバッグだろう。

丈夫で、回復が早くて、プライドが高い分、より惨めに見える。

彼女は最早《もはや》、大人の敵ですらなく、統治の道具となった。

◆◆◆◆

俺は朝、点呼の前に起きてから瞑想《めいそう》をするようになった。生活リズムが朝型へと変わって日の出よりも前に起きられるようになったからだ。

遂《つい》に俺だけが【充気《じゅうき》】を会得していない状況となった。

そして『戦闘訓練』では組み手で勝てる事が減って来た。とは言っても技術では勝っている事が多いため、勝敗は半々ぐらいだ。『戦闘訓練』で勝てなくなれば恐らく俺はここに居られないだろう。

その結果、ただ放り出されるならまだ良いが、口封じに『処理』されるとしたら今の俺に抗《あらが》う事は出来ない。

そうならない為にも【充気《じゅうき》】を身に付ける必要があった。

「スゥ、スゥ」

瞑想を終えた頃に、自分以外の呼吸の音が耳に入ってくる。布団の中心でとぐろを巻いて眠る彼女の姿があった。

点呼の後に食堂に集まり、子供達は食事を胃にかき込んでいた。基本的に朝夕の一日二食制なこのコミュニティにおいて、一日の活力は朝食で養われている。

この場ではシスターも一緒に食事を取るが、彼女の皿には肉が載っており、子供よりも上等な献立だ。

これはシスター達大人が子供よりも高位である事を示すためだろう。

こういった待遇の違いを明確に示すことは、そのまま立場の違いを潜在的に刷り込む事になる。

◆◆◆◆

「……っ……っ……っ……」

「ふんっ、ふんっ、んっ！」

朝食を終えた後は、運動場で『断罪』の時間を迎える。

一ヶ月の間、毎日『断罪』を受けている彼女はもう声を上げられなくなった。

上げない、ではなく上げられなくなった。

ある日の『断罪』の最中に彼女が咆哮《ほうこう》を上げ、囲んでいた者達の鼓膜を破壊した事で、毎朝彼女は喉に強い酸を流し込まれて焼かれるようになったからだ。

さらに指先の爪は師範がその全てを剥がしてしまった。

これも再生する度に『安全のために』剥がされている。


毎日二十人ほどが『断罪』を行っている。

同期の子供たちはその殆《ほとん》どが『断罪』をおこなった筈《はず》だ。

初めの方は男子が木剣を振るっていたが、今は女子が参加している割合の方が多い気がする。そこには綺麗《きれい》な物を台無しにしたい汚い嫉妬もあるのかもしれない。

俺は『断罪』にこれまで参加することは無かった。

それは俺に道徳心があるからではなく、単に保身のためだ。

流石《さすが》の彼女も同室の俺の顔は覚えているだろうから、下手するとトラあたりよりも酷《ひど》い報復を受ける。

そんな理由だから大人から命令されれば俺は自分の命のために躊躇《ためら》いなく全力で木剣を振る。


喉を焼かれ、爪を剥がされた今の彼女は、酷く惨めだった。

◆◆◆◆

『走破訓練』を終えた俺は部屋で自身の体を拭いていた。

今までは他の部屋まで水桶を借りに行っていたが、彼女の影響で俺まで排斥されるようになったため、それが出来なくなった。

どうやら彼らは『断罪』によって仲間意識を深めているらしい。

中世の貴族が狩りをレジャーにしていたというが、それと似たような感じだろうか。その下衆《げす》な感性は俺も見習って精進したいものだ。

恐らく、もうそろそろ彼らは仲間でない俺に対して実力行使をしてくるようになるだろう。

俺は【充気《じゅうき》】を身に付けていないので複数人で来られると間違いなく詰むし、単体でもトラあたりの体格の良い種族が来たら敵《かな》わない。

もしも彼らに襲われたとして、俺が大人に訴えても彼らが『断罪』される事はないだろう。そもそもあれは、竜人娘の心を折りたい大人達と、彼女を疎ましく思う子供達の意図が重なったから行われる儀式だ。

彼女が大人達に従うようになれば儀式は行われなくなるだろう……ん？

背後でガサリと布が擦《こす》れる音がして振り返ると、『断罪』に加えて折檻《せっかん》で受けた傷を癒していた竜人娘が起き上がって来た。

「……」

今日は珍しく静かだった。

俺は不吉な予感がしてタオルを水桶にもどそうとする。

瞬間、喉笛を掴《つか》まれて抵抗する間もなく床に押し倒される。

「……!!　グッ!?」

その時に頭を打ちつけた俺は思わず呻《うめ》き声《ごえ》を上げる。

「つっ……どういう」

どういうつもりなんだ、そう問いかけようとして彼女の表情が視界に入り、目を見開く。

今にも決壊しそうな程の怒り、そしてそれとは真逆の弱さを感じさせる表情。

同時に俺の心が急速に冷めていくのを感じる。

『コイツはもう折れかけている』

その時点で彼女の価値は俺の中でトラや他の子供達と変わらない所まで落ちて、興味の対象から外された。失望だ。

「この手を、離してくれないか？」

その言葉が彼女の怒りを煽《あお》ると分かっていながらも冷たく告げる。

「……なんで、おまえまで……」

俺から彼女に対する畏れが消えた事を感じ取った彼女は、裏切られ、傷付いたように眉を歪《ゆが》める。

そして一転して顔を真っ赤にすると歯を食い縛り、両手に力を込める。

ギリギリと首が絞まる。

彼女が俺を殺す勇気など無いと分かってはいるが無意識に体が暴れてしまう。

太い血管が絞められ視界が狭くなったところで彼女は指から力を抜いた。

「かはっ、ゲホッゲホッ、コホッ」

涙を浮かべながら咳《せき》をしていると、ダラリと俯《うつむ》いた彼女の顔に髪が掛かり、表情が隠れる。

「……おまえには、まける気がしないのに……」

負ける気がしないのに……なんだ。

大人には勝てない、勝てる気がしないとでも言いたいのか。

彼女は自尊心と現実とのギャップに苦しめられている。その身の丈よりも高い誇りが、これまで折れる事を許さなかったのだろう。

「うっ……こんな気持ちになるなら……死んだほうが、ましだ」


……は？

コイツ、今なんて言った。

『死んだ方がマシ』だと。

『死んだ方が』？


――死んだ事も無いお前がそれを軽々しく語るなよ。


「……っざけるなああああぁ！！！」

「……っ!?」

俺の体から気が溢《あふ》れ出る。

尻尾の力だけで彼女ごと体を跳ね上げる。

彼女は今まで俺が見せた事のない力と、激情に驚いた表情を見せる。

死んだ方がマシなら、そうしてやる。

お前のそのくだらないプライドごと、ぶっ殺してやる。

「……っ！」

俺は空中の竜人娘を真横に蹴り飛ばし、壁に叩《たた》き付ける。

振動が部屋に響いたが、手応えが薄い。

「ガアアアアア！！！」

彼女も怒りに火が付いた。

視界に腕が現れた瞬間、世界が回っていた。

いや……衝撃を受けとめた事で、俺自身が縦に回転していた。

「プライドだけは一人前だな!!　トカゲモドキがっ!!」

溜《た》まっていた鬱憤を口から吐き出しながら、壁に着地する。

そのまま上を見上げれば、竜が吠《ほ》えている。

「だまれっ!!　ヘビモドキがぁ！！！！」

彼女の爪が壁を抉《えぐ》るが、そこに俺の姿は無い。

「っ、どこに」

「ここだ馬鹿」

【瞬歩《しゅんぽ》】で彼女の背後を取った俺は顔を摑むと地面に叩きつける。

「が」

そのまま腹を蹴飛ばす。

「不思議か？　俺がここまでお前と戦えるのが」

「……」

立ち上がった彼女はますます怒りの温度を上げながらも、俺の言葉に耳を傾ける。


気が使えても、元の身体能力も、気の量も彼女が上だ。

それでも戦いの結果がそうならないのは、ひとえに研鑽《けんさん》があったからだ。

そして、俺が彼女をずっと見てきたからだ。

どういうときに怒り、どのように戦い、そしてどうして逃げなかったか。

「お前がバカだから、どう攻撃してくるか分かるからだよ！　バーーカ！！」

だが、教えてやらない。

代わりに単純すぎる挑発を返す。それは今の彼女に対して、あまりにも相性が良かった。

「……っおまえええええぇぇ！！！！」

バキリと地面が割れて、彼女の姿が消える。

俺は目で追うのを諦めて、全身の力を抜く。

「……ここ」


目測を誤り、爪が手を貫く。

激痛に顔を顰《しか》める。

痛い、が死にはしない。

「舐《な》めるなよ」

「っ」

この程度の痛み、死ぬよりはマシ、だろ？

激痛を無視して、そのまま彼女の手を握り込むと、残った気を全て体に込める。

力を込めて、引っぱり、俺の背を支点に彼女の体が持ち上がる。

そのまま一本背負いで彼女を地面に叩き付けた。

「くたばれぇえ！！！」

「ガッ……」

そして、目を回した彼女を前に、俺はへたり込んだ。

◆◆◆◆

狭い部屋の中で竜人の少女が蛇人の少年を引っ張って、ごっこ遊びをしていた。

『洗礼』を受ける前、まだ房にいた頃の記憶だ。

そこではいつも彼女は主役をとって少年は脇役を押し付けられてばかりだったが、彼が特に気にしている様子は無かった。

その様子を見て大人の一人が、彼女のことを『王様のようだ』と評した。きっとその大人は彼女の行動を横暴だと揶揄《やゆ》していたのだろう。

『王様』という言葉を知らなかった彼女がその意味を問うと、大人は躊躇《ためら》いながらも『たくさんの人から好かれる、一番偉い人のことよ』と答えた。

彼女はそれを聞いて満足げに頷《うなず》いた。

◆◆◆◆

誇り高い者への憧憬。

死と天秤《てんびん》に載った今でも、それを捨てられないでいる。

「起きたか」

「……蛇モドキ」

起きてすぐ彼女は悪態を吐《つ》いた。

しかし、負けたことが余程ショックだったのか、そのまま口を閉じて黙り込む。

俺は傷を手当てした後、体を休めるために座り込んでいた。同時に気の放出の感覚を再現するように何度も繰り返していた。

放出は出来ている。だが、それでも先程のような量は出ない。恐らく激情がトリガーとなっているのだろう。

そのことを彼女に気付かれてしまったら寝首を掻《か》かれるだろうか？

——いや、彼女はそんな事は絶対にしない。

もう一人の俺が心の中で、声を上げた。

「死にたいのか？」

「……ちがう」

死にたい訳じゃない、生きていることが出来ないだけ。

そう言いたいような表情だ。

いつもより彼女の表情が見える気がする。

無理やりに攻撃的な態度を取ることを止めたからかも知れない。

「負けるのが許せないか？」

「……」

頷いてはいないが、これは肯定だ。

彼女は今や子供達《たち》にすら逆らえない立場だ。

いや、未《いま》だ反撃してはいる。

しかし反撃以上の制裁がもっと大きな力によって加えられる。

大人に勝てないことさえ、彼女は許せないのだ。

こんな……ボロボロになっても。

「ダサいな。見苦しくて仕方がない」

「……ッ」

ギリ、と歯を食いしばる音が聞こえた。

彼女は金の目を見開いて睨《にら》みつけてくる。

こちらはもうとっくに限界だというのに、彼女は倒れる前と同量以上の気を全身に漲《みなぎ》らせている。

「なんだ？　怒ったのか？　俺に負けた癖に」

半笑いで挑発する。

「だましえええええ！！！」

今度は前兆すら捉えられず彼女に胸ぐらを摑《つか》まれて、壁に叩きつけられる。襟元が捻《ひね》られて首が絞まる。

「……わたしの誇りを、ばかにするやつは許さないッ」

「……カッ……ハ……ァ……ちがう、ほこり、なんかじゃない……ァガッ!!」

落ちそうな意識を無理やり引き戻して反論したら、もう一度壁に強く叩きつけられる。

だが、これだけは言わねばならないと俺が叫んでいる。

「はぁ……お前が今、しがみ付いているのは、誇りじゃない……傲《おご》りだ」

「……ッ」

俺を持ち上げる手が緩んだ。

「誇りだと？　馬鹿にするなよ。なら何で俺に負けた？　何で今も大人達に負け続けているんだ？　勝つために何をした？　考えて戦ったか？」

誇りなど、俺は初めから持っていない。恥もだ。

勝ち負けなんぞどうでも良い。強いて言えば、生き残れば勝ち、死ねば負けだ。それより重いものなんて存在しようもないと思っている。

「俺は誇りなんて知らないが、何も積み重ねていない奴《やつ》に誇りがあるのか？」

誇りは他者からの評価ではなく、身を切る修練と練り上げられた実力、そして確かに残る結果によって自身が持つ信念だろう。

腐ってもお前みたいな小娘が持つようなものではない。

俺は彼女の手を解いた。

「毒は試したか？　闇討ちは？　大人同士の仲間割れの可能性は探ったのか？　シスターなんかは他の二人よりも強い思想を持っていたぞ。そこから切り崩せるか、考えたか？」

彼女は答えない。

「なら大人達が使っている技術は盗もうとしたか？　あいつらはご丁寧に自分の技を俺たちに教えているんだぞ。それを見ていなかったのか？　それを見て身につけるくらい、死・ぬ・よ・り・も・簡・単・な・こ・と・だ・ろ・？」

意趣返しのつもりはない。俺が言ったのはただの事実だ。

俺は彼女を入れ替わるように壁に叩きつける。

「……ッ」

「お前ほどの力があって、才能があって、さらにその上に積み重ねがあれば、あの師範を名乗る男や、虎人族のクソガキみたいな有象無象がお前に勝てる訳が無いだろう」

「……！」

誰よりも彼女から目を離さなかった俺がそれを確信している。俺が仰いでいた小部屋の王は誰よりも強くなれる。

いつかはその尊大な誇りが謙遜に映るくらいの力を持つと。

きっと俺が抱いているのは、狭い見識と浅い人生経験から来る小さな神話なのだろう。

しかし、少なくとも彼女の心は、俺よりも強い。

「それに、負けていない」

「……どういう、いみだ」

大人の威を借りて『断罪』などと言って調子に乗っている子供達も、暗い部屋に放り込んで飯を抜けば、簡単に泣き言を漏らす脆弱《ぜいじゃく》な奴らだ。……俺を含めて。

「自省部屋に放り込まれて、最後まで折れなかったんだ。大人がお前の心を折ろうとして、失敗したんだ。そう考えればお前は大人達に既に一勝してる」

「……ふざけてるのか」

まだ戦いが続いているなら今は一勝一敗といった感じだろうか。

彼女は俺の言葉を慰めとでも勘違いしているのか。

「なら、早く強くなって気に入らない奴を殺せば良いだろ？……まさか、殺しても負け、だなんて言わないよな」

「……」

一応は納得したらしい。

最後に一言でも伝えておいた方が良いか、と思ったところで俺は衝動に衝《つ》き動かされて限界まで視線を近づける。

「本気だ、本気でやれ。目も耳も鼻も口も全部使って敵を知れ。寝る間もないほど考えろ。傲ることなんて俺が許さない。人生の全部を使って勝てよ、勝ちたいなら。相手の弱みも強みも全部探って、徹底的に勝てよ。お前は絶対に勝たなきゃいけないんだろ？　なら一瞬たりとも無駄にするなよ。あんな大人《カス》にいつまで手間取っているんだ。俺が知ってるお前はそんな怠惰な奴じゃないだろ？　なあ？　なら早くブチ抜けよ、あのくらい。虎人族《アイツ》らもいつまで調子に乗らせているんだ？　あいつらがもう二度と寝られなくなるくらい、お前の力を見せつけろよ。なに普通の子供みたいなしおらしい顔をしてるんだ。俺の見てきたお前はそんなんじゃない。もっと尊大で、自分が一番上だって表情で俺にいつも命令してきただろ？　いつまで手を抜いているんだ？」

彼女の肩を摑んだ手に力が籠る。

「俺はいつまで待てばいい？　いつまで俺の王様を馬鹿にされる怒りを我慢すれば良い？」

少年に過ぎないと油断していた俺の腹の中には、俺が驚くほどにドロドロとしたものが渦巻いていたようだ。

単なる憧れではなく、歪《ゆが》んだ嫉妬を感じる。

尻尾や鱗《うろこ》など、下手に共通している箇所が多い分、劣等感を抱いていたのだろう。

そして、濁りきった俺の中身を見せつけられた彼女の反応は……、

「……わたしに命令するなッ!!」

「……ははっ」

俺の願望など一言で切り捨てる。気持ちが良いくらいに勝手で……傲慢だ。

それでこそ彼女らしいと思ってしまう俺はやはり歪んでいた。思わず笑いが溢《あふ》れた俺の事を竜人娘が睨む。

「ばかにしているのか?」

「違う、嬉《うれ》しかったんだ。お前がそう言ってくれたことが……ぉグッ……何で」

唐突に彼女の拳が俺の鳩尾《みぞおち》をえぐり、思わずその場に蹲《うずくま》った。

「だれにむかって、おまえといった」

「へへ」

眼前に迫る拳を最後に、その日の俺の記憶は途絶えた。

◆◆◆◆

次の日、俺は息の苦しさと共に目覚める。

鼻を触ると、固まった血液がこぼれ落ちる。

……そうだ、昨日は竜人娘の怒りが爆発して、喧嘩《けんか》したのだった。

そして、俺ではない俺の影響で、可笑《おか》しなことを喚《わめ》いていた記憶がある。

「はぁ」

まさか、周囲の環境だけではなく、自分の言動すらも自由にならないとは思わなかった。

これまでは淡々と自分の体と技を鍛えていれば良いと思っていたが、心の方も鍛えないといけないかもしれない。もしも、戦っている途中で俺がちょっかいを出してきたら俺は死ぬ。

とはいっても、精神修行など滝行くらいしか思いつかないし、果たしてあれは精神の修行になっているのか疑問でもある。

そもそも心は鍛えられるものなのか？

ままならない現実から目を背け、俺は昨日の成果である【放気《ほうき》】を繰り返して、その感覚を定着させることにした。

気の放出は自転車のようなもので、一度定着すると感覚的にその大小を操作できるようになった。

とは言え放出量を大きくするのには限界があるようだった。

蛇口のように途中までは捻《ひね》れば捻るほどその量は増えてくるが、一定量を超えると、気の増加は止まる。

それに水量が増えると当たり前だが消耗は激しくなる。

実際に戦闘に使うとなれば基本節約して、時折量を増やすといった調節が必要そうだ。

ただ、師範達の戦い方を見ているとそれだけではない気がするが……。

彼らが纏《まと》う気の量以上の力が出ているように見えるのだ。

どうにかして観察したいが、俺たちにわかるようにゆっくり戦ってくれるはずも無い。

そもそも誰が師範と戦うのか、という問題もある。

俺は思考を現実に戻すと、座禅を解いた。

◆◆◆◆

俺が食堂へと赴くと、子供達の視線が俺たちへと向く。

その視線に込められているのは好奇、疑問、嫌悪、そして僅かな不安。流石《さすが》にこの状況で楽観しているものは少ない。

食堂の中心にいるシスターでさえ、若干の驚きを浮かべている。

彼らは俺の後ろの竜人娘を見て、もう一度見て、そして目を逸《そ》らす。

やっと気付いたのだ。自分が誰を『断罪』していたのか。


朝食の間、食堂の空気は地獄のように凍っていた。

静かで食事に集中できる分、俺としてはこちらの方が良かったかもしれない。

「……ング」

子供達《たち》より一足早く食事を済ませて、シスターが食堂を去るのが見えた。俺は視線だけでそれを追うと、また硬いパンを噛《か》みちぎって飲み込んだ。

食堂の中で唯一声を上げていたのは、トラ達だけだった。

◆◆◆◆

「それでは『戦闘訓練』を始める。……その前に」

ジロリ、と師範が竜人娘を睨《にら》み付ける。

「昨日、そこの竜人の娘に暴行された者はいるか？」

「はい、俺です」「……おっ……俺も」

いつものごとく、楽しげにトラが手を挙げる。続いて土精族《チビ》の少年も。

「アタシもされました!!」「……わたしも」「おなじです」

「わたしも」「わたしも」

続いて強気な少女に釣られて複数人が手を挙げる。

初めに手をあげた彼女は蛇人族、俺と同族だった。

それだけで理由には察しが付くが、今は彼女達が集団の結束として掲げた敵が竜人娘なのか、それとも先頭の彼女一人が悪感情を持っているかを確かめたかった。

俺の敵になりうる存在か、先に知っておきたかったのだ。


ウキウキとした様子でトラが前に出る。

木刀をぶんぶんと振るうと、彼は体に気を纏う。

これまでの『断罪』が良い訓練になったのか彼の【充気《じゅうき》】は以前よりも様になっていた。

【放気《ほうき》】は単純な放出なので技術は要らないが【充気《じゅうき》】の方は体の表面に留《とど》めるような制御が必要なのだ。

【放気《ほうき》】を身に付けた後に試してみた感じだと、後少しでできそうな手応えがあったので、確かに言われた通り【放気《ほうき》】を身に付けたらそんなに難しくない技術というのには納得したが、それでもトラの纏うものに追いつけるかは確信が持てない。

俺が成長する間にも彼らは成長するのだから。

「十回の打擲《ちょうちゃく》を許す」

そしてしっかりと気を纏ったところで、木刀を振り下ろす。

「いちぃ！」

大人しく押さえ込まれた竜人娘は木刀を頭部に受ける。

「ッ……」

僅かに呻《うめ》いたがそれ以上何も声に出さない。

「……いち」

いや、トラの言葉を口ずさむように、数を数える。

視線は激情を通り越して冷ややかにさえ見える。もはや同じ人間を見るものでさえない。

「っ、に、ぃ!!」

「ッ……に」

「さんぅ!!」

「ッ、さん」

「よん!!」

「ッ……よん」

一切の小揺るぎもしない彼女の視線に、一方的に攻撃しているトラが気圧《けお》されているようにも見えた。

「ち、くそ、オラァ!!　オラ、ふッ!!　くそ、くそガァ」

ついには数を数えることすらやめた。

「ッ……ご……ッろく……なな……はち……く……」

「らアアぁ!!」

「ッ……じゅう」

銀の髪を赤く濡《ぬ》らし、それでも一切の動揺さえ彼女は見せない。

木刀で殴った者が動揺し殴られた者は動じていない。

俺は不思議な高揚を覚えながら、その場を見守る。

「はぁ……はぁ……はぁ……このッ」

「十回までといった筈《はず》だ」

トラが振り下ろそうとした木刀を師範が取り上げる。

「では次」

「え？　でも……は……はい」

チビは手を挙げてしまった手前、取り消すことも出来ずに木刀を受け取るしか無かった。

「ふ、ふん、ふん、ふん……」

「……いち……に……ッさん……よん」

地面スレスレから睨み上げる金の視線に気付き、その気迫に安全な立場にいるはずのチビの目に涙がこみ上げてくる。

「――……じゅう」

カラン、とチビが木刀を取り落とす。

その後もいつものように木刀を一人ずつ振り下ろしたが、彼女はその間一度も目を逸らすことは無かった。

「じゅう」

「じゅう」

「じゅう」

「じゅ、う」

最後の一人が『断罪』を終えた後、いつものように彼女の意識を奪おうと、師範が振り下ろした拳を、彼女の尻尾が弾《はじ》く。

「む」

「『訓練に参加するのは拒まない』、そう、いったのは、おまえだ」

痛む頭を押さえながら彼女が立ち上がる。

つまり彼女はこの状態のまま訓練を受けると言いたいのだ。

「報復するつもりか」

「……おまえが、たっているだけなら」

自分が報復に動いても師範が止められると、彼女は自覚しているようだった。

反発を見せる竜人娘に師範が怒る気配は無い。

ただ目の前の少女を見据えていた。

「良いだろう、ただし」

師範が無言で繰り出した拳を彼女は受け止めるが、追撃の何かを受けた彼女は回転しながら横に飛ぶ。

すぐに立ち上がった彼女の頬には拳の形の跡が残っていた。

「言葉遣いには気を付けろ」

怒りに呑《の》まれるかと思ったが、彼女の視線は師範の動きを思い出すように一点を見据えている。

恐らく彼女に『断罪』を加えたものは彼女の組み手の相手とならないように師範が差配するだろう。

彼女の相手をしないなら、むしろそっちの方が羨ましい気もする。

結果から言えば彼女の相手となった子供はその全てが喉輪を喰《く》らって降参し、そして俺も彼らと同じく喉に指の痕を付けられて降参した。

彼女の初撃は躱《かわ》したのだが、その後に尻尾で武器を叩《たた》き落とされたと思った瞬間には背負い投げを決められていた。

恐らく昨日の仕返しだとは思うが、これほどまで綺麗《きれい》に返されてしまうと、悔しさよりも感嘆を覚えてしまう。

その日の『戦闘訓練』によって、俺自身の弱点にも気づいてしまった。

というよりは単なる改善点に近いか?

俺はまだ自分の体を活《い》かしきれていない。俺は前世での体の動かし方を無意識に引きずっているようだ。

特に尻尾は前世の時に存在しなかった部位なので、動きが拙い。腕ほどの太さはあるこれを使いこなせれば足の代わりに地面を蹴ったり、彼女がしたように格闘にも使えるはずだ。

それにもっと他にも出来ることはあるだろう。種族の強みを押し付ける厄介さは彼女を見ていれば嫌というほど分かる。

気の量が戦いの全てではないはずだ。

そうでなければこの建物には竜人しか居ないだろう。

俺はもう一度彼女の攻略法を練り直す事にした。俺と違って俺は彼女を仮想敵として考えている。

俺にとっては師範に次ぐ脅威が、彼女だった。

◆◆◆◆

彼女が訓練に参加したという事実は、彼女と敵対する子供にとっては悲報だっただろう。

これまではただのサンドバッグで奴隷に過ぎなかった者が突然自分と同じ立場になるのだ。許せるはずが無い。

そして、自分の立場が揺らいだものは得てして攻撃的になる。

人間は下ばかり見ているから上がってきそうな人間を見逃すことはなかなか無いものだ。

前世の人生経験が垂れ流す達観した世間の非情を脳内で聞きながら、俺は水桶《みずおけ》に水を汲《く》んできた。

もちろん今後も水汲みは俺の仕事だ。竜人娘が水汲みに行って平穏に終わるようには見えないから、仕方なくだ。

それにしても、俺の言葉のどこに感化されたのか分からないが、今の彼女は明らかにこれまでとは違うように見えた。

丸くなったという表現が合うように見える。

しかし、以前の彼女よりも今の彼女の方にこそ俺は恐怖を覚えている。

いつか爆発しそうで怖い、といった単純なものではなく、これまでは襲うことしか頭に無かった猛獣が隠れることを覚えたような、そんな恐ろしさだ。

その牙の先に俺が居ないことを願う。

そうならないように、彼女より遅くに寝て、彼女よりも早く起きる生活を今は続けるしかない。

少し前だったらまだ部屋のトレードが辛うじて可能だっただろうが、今はもう竜人娘の子分と思われている。腫れ物のように扱われるか蛇蝎《だかつ》の如《ごと》く嫌われる未来しか見えない。

……そういえば、サソリの特徴を持った種族はまだ見たことが無いな。

清拭《せいしき》のための水を水桶に汲んでから自室へと向かい、その扉を開ける。

「……ッ」

すると、息が詰まりそうな重圧が全身にかかる。

この部屋での竜人娘の寝床は入り口から最も遠い場所で、俺は中央より入り口に寄った場所。

彼女はいつも、布団を何枚も重ねた特等席で休息しているか、激怒しながら壁を殴っていた。

だが今の彼女は布団の上にいるのはいつも通りだが、俺が朝の習慣としている座禅を組んでいた。

「………」

俺が入って来たのに気付いて、薄く閉じていた目蓋を片方だけ開けてこちらを一瞥《いちべつ》する。

姿勢は見様見真似《みようみまね》なので俺とは微妙に違うが、それでも俺が座禅をしていた目的は理解しているようだった。

静かに滾《たぎ》る気が彼女の周囲を取り巻いている。

師範達《たち》が彼女を是が非でも従わせようとしたがる理由が分かる。

単純に、他の子供達とは格が違うのだ。

朝、師範の攻撃を受けた時も、側《はた》から見ていた俺たちではなく、正面に居た彼女だけが師範の動きが見えていたことからも、彼女が特殊なのは明らかだった。

しばらくすると、息苦しい気配は消えて、彼女は俺の持つ水桶からタオルを取り上げる。

「なに……みてる」

呆然《ぼうぜん》としていた俺は、彼女の言葉で意識を取り戻してタオルを絞って彼女に背を向けた。

一日の疲れと、垢《あか》を拭い落としながら先程の記憶を反芻《はんすう》する。

おそらく彼女も師範が纏《まと》う気と自身の纏う気が異なるものであることを認識しているのだ。だからこそ気の扱いを伸ばすために身近にいた俺を真似た。彼女は真似たことなど認めないだろうが……。

尻尾全体の汚れを優しく拭いとっていく。

手入れが十分で無いのか、最近尻尾に痒《かゆ》みを感じる。


俺が少し強めに尻尾を擦《こす》っていると、水桶にタオルが投げつけられる。

衣擦《きぬず》れの音の後に、彼女が横になる気配がした。

肩越しに振り返ると、持ち上がった尻尾が彼女の周囲でとぐろを巻いて壁を作る。

俺はタオルを水につけると、水桶を返しに部屋を出た。

◆◆◆◆

「あなた、コンジからなにを吹き込まれました?」

俺を見つけたシスターに捕まえられて、近くの部屋まで連れてこられた。おそらく瞑想《めいそう》室のような場所だろう。窓を見ると、光が入らないようにカーテンがかかっている。

「……あの、ここは？」

「貴方《あなた》が知る必要はありません」

俺は第三の目《ピット器官》を意識しながらシスターを見据える。

「……コンジ、とは何でしょう？」

温度から服の下に金属製の尖《とが》ったものを感知するが、表情には出さないように意識しながら疑問を返す。

「……『戦闘訓練』の師範の呼び名です。あの男が部屋に来たのでしょう？」

「いえ」

やはり、大人も名無しという訳ではないか。

しかし大人が他の大人の名前を呼んでいるのを見た事は無かった。

おそらくそれを漏らしたのは、シスターにとっても本意ではない筈《はず》だ。

落ち着きのない右手がナイフのあるあたりを行ったり来たりしている。まずいか。

シスターの思惑についてはよく分からないが、彼女にとって竜人娘の存在は疎ましいもののようだ。

そして彼女の変化した理由が『戦闘訓練』の師範、コンジにあると思った。

コンジは竜人娘の味方、ということか……分からない。

組織内に派閥でもあるのか？　それならば同じ子供を担当する師範は同派閥で合わせる方が良いように思うが……。

シスターの手の揺れが収まり、ゆっくりとナイフの柄に触れる。

彼女にとって、師範達の名前を聞かれたのは非常に都合が悪いらしく、彼女の意思が俺を殺す方へと傾いているのが分かった。

肌が粟立《あわだ》つ。

何か言え。彼女の気を惹《ひ》く何かを。


「俺に……『断罪』を任せるのですか？」

「……何を言っているのですか？」


彼女の感情が波立つのが見えた。

体温も、少し上がっている。

「師範達に横柄な態度を取ってるアイツを罰する為《ため》に、俺を呼んだのですね」

シスターは自身の思惑に感づかれることを恐れている。

ならば、少しずれた馬鹿を演じれば良い。

「えぇ……えぇ、そうよ。今日は貴方にアレの監視を頼もうと思ったのです」

「そういうことですか。……質問の答えですが、俺が見ているところでは『戦闘訓練』の師範とアイツが話している様子はありませんでした」

「そう……ですか。『戦闘訓練』の前なら……。……ふむ」

冷静さを取り戻したシスターは俺を見据えながら、唇に手を当てる。

既にナイフから手は離れていた。

動揺も消えている。所詮子供だと思い直したのか、それとも彼女にとっても子供を殺す事はリスクなのか、いずれにしろ死の危険は脱したのだろう。

「もういいです。部屋に戻りなさい」

「それでは『断罪』は？」

「それは忘れなさい。時が来るのを待つのです」

取ってつけたようにシスターらしさを演出してくる。

化けの皮はとっくに剝がれているぞ。

俺は彼女の視線を感じながら、扉に手を掛ける。


精々、利用してやる。

どうか、それまでは油断したままでいてくれ。

◆◆◆◆

あの日から『断罪』に参加する子供は減っていった。

時折参加する蛇人族の少女と、毎回参加するトラ、そしてトラに促されて彼の同室の子供達が疎《まば》らに参加するだけだった。

彼女に睨《にら》まれても『断罪』に参加する勇気が彼らのどこから湧き上がってくるのか、俺は疑問に思いながら訓練に参加していた。

「あ」

その日、部屋で尻尾を拭いていると何かが破れるような感触と共に、薄い皮が尻尾の表面から剝がれた。脱皮だ。

確かに最近尻尾が痒かったが、アレが前兆だったようだ。

脱皮をした事は記憶に残っているが、その前後の記憶は曖昧だったので痒みと脱皮とが結び付かなかった。

そして、俺の脱皮が起こったということはもう一人の少女の脱皮も起こるということを、記憶が教えてくれる。
ズリ、ズリ……ゴン……ズッ……ズッ……ゴン
竜人娘が尻尾を地面に強く擦りつけて、自身の尻尾の上の皮を剝がそうとしている。
彼女の尻尾は俺のと違って太いし、脱皮の皮も厚いので脱ぎ去るのに毎度苦労するのだ。

「俺が取ろう」

俺は中途半端に剝《む》けた自身の尻尾を放置して、彼女の尻尾を手に取る。

一瞬尻尾が持ち上がり拒否をしそうに見えたが、直《す》ぐに俺の手の上に戻ってくる。

俺は水分を多めに含ませたタオルで彼女の尻尾の皮をふやかしながら、表面を剝いでいく。その下には瑞々《みずみず》しく光沢を放つ白銀の鱗《うろこ》が見えた。

背の方に生えたたてがみのせいで少し苦戦するが、そちらもタオルで何度もこすりながら皮が残らないように取り除く。

家具に張り付いているシールを剝がすような心持ちで手元に集中していると、背筋を逆《さか》撫《な》でするような刺激が走る。

「ぅあ！……な」

何だ、と問いかける前に、俺の尻尾が彼女の手元に有るのを見て察した。小さな手を押し付けるように表面に当てながら、ゆっくりと尻尾から皮を剝いていく。

前世でも感じたことのない刺激に困惑しながらも作業を続ける。

どうやら蛇の尻尾の方が脱皮がしやすいようで、俺が竜人娘の皮を剥き終わるよりも先に、一枚の大きな皮が彼女の手に出来上がった。脱皮は厚めの靴下を脱がされたような感覚が近いだろうか。

その後は手持ち無沙汰だったのか、濡《ぬ》れたタオルを片手に俺の尻尾にまばらに残った皮の破片を取り除いていく。

「……ぅ……ん……ぁ……ぅ」

当然脱皮したばかりの敏感な尻尾の表面に触れることになるので、くすぐったい感触に思わず声が漏れる。

「ぅひっ……」

爪で剥がれかけの鱗を引っ掻《か》かれた瞬間、これまでよりも大きな声が出てしまい、口を塞ぐ。

気付かれただろうかと、彼女の方を見る。

彼女はこちらを怪訝《けげん》そうに睨んでいた。

「……」

鱗掃除に飽きた彼女は、俺に背中を向けて座り直す。

古い皮を剥がし終えて、また同じようにまばらに張り付いた鱗を剥ぐ。これが結構強く張り付いているので擦るだけでは取れない。

観念して爪で引っ掛けて剝がしていく。

「ッ……………ッ……」

やはり、脱皮したばかりの場所は敏感になるようで、彼女は時折軽く身を捩《よじ》る。

俺は申し訳なさを覚えつつ手早く作業を終えた。

後で気づいたが、残った鱗を取り除くぐらいは自分でしても良かったかもしれない。

◆◆◆◆

俺は瞑想室の中でシスターと対面する。

二人の間にあるのは、脱皮したての皮だ。

「これが、竜人の鱗ですか」

「……そっちは俺の皮です」

「……そう、ですか。これは貴方に返します」

俺が二人分の皮を何処《どこ》に捨てようかと悩んでいる所をシスターに見つかってしまい、ここに連れてこられたのだ。

シスターは銀の光沢を放つ鱗を手に取り、様々な方向からそれを眺める。

「何かに使えるのですか？」

「えぇ」

ただ綺麗《きれい》なだけでありがたがるような人間には見えないから、納得しかない。

『戦闘訓練』の師範、コンジが直接戦闘に秀でているのだとしたら、おそらく彼女はもっと周りくどい手段で殺すタイプに見える。

「毒や薬、あとは……仙器ぐらいです」

仙器？　と疑問が増えたが、すぐにシスターがいつも持っているナイフを見せてくる。

「これが、仙器です」

持ってみますか？　と問いかけながらナイフを差し出してきたので素直に受け取ろうとすると、指先を刃で薄く切られる。

「痛ッ……なにをッ……！」

予想しない仕打ちの理由を問い詰める前に、その場に倒れ込む。

力が……入らない。

マラソンを走った後のように空気が薄く感じる。

「はっ……はっ……はぁっ……」

「このナイフには刃で切った相手を疲労させる力が有ります。そのような意思を込めたの

で・

その言い草からナイフは彼女が作ったものなのだろうと察する。

「すぐに教わる事なので、今教えても問題はないでしょう」

どのような超常の力によって作られたものなのか考えようとして、すぐ原因に思い当たる。

気の力だ。

ナイフを作る過程か、作り終わった後でかは分からないが、気を使用した工程が加わる事で特殊な効果を付与できるという事か。

「はぁっ……俺にも、作れるのですか？」

「あなたの気の量では大したものは出来ないでしょうが……不可能ではないはずです……作業自体は気を込めるだけですから」

気を込める。

意思を込める。

仙器を作る作業についてシスターが述べたのはこんな所だ。

かなり曖昧だが、ナイフに放出した気を当てながら『切った相手を衰弱させるナイフになれ』と念をこめて作ったということだろうか。

この作業に竜人娘の鱗が関わってくるようには思えないが、その答えは彼女からは引き出せそうにない。

初めの質問で仙器の前に毒と薬という言葉が出ていたところから、彼女の専門はそっちでの戦いなのかもしれない。

明日から食事の時には特定の席に着かないよう意識しておこう。

俺は瞑想《めいそう》室から出て、自分の部屋に戻る。

道すがら服の中に入れておいた一枚の鱗の感触を確かめる。

……残りは勉強の対価と思っておくことにしよう。

◆◆◆◆

夜、珍しく寝つきの悪かった俺は、天井を見つめながら第三の目《ピット器官》を意識する。

しばらくすると、暗闇に目が慣れるようにモノクロに世界が色づいていく。

とは言っても周囲はほとんど厚い壁で囲まれているので、暗いのは変わりない。

温度を見る、とは言っても温度だけではボヤけた視界のように映るので、目を閉じて活動ができる訳ではない。

視界に重ねて見ることでこの器官は効果を発揮する。

おそらく蛇が活動する野生環境で哺乳類の隠れ家を見つけるのに役立つのだろう。

材質の違いのためか、天井の骨組みの形が浮き上がって見える。

透けているようにも見えるが実際は温度差が表面に伝わってきただけだろう。

ならば、視界、温度以外の感覚はどうだろうか。

意識して自分の気の量を減らしていく。

そうすると、逆に自分の外に感じる気の気配が相対的に大きくなっていく。

前は気の量を抑えて何か意味があるのかと思っていたが、気の感知をする時にはこのように、気を抑えることで精度が上がることに気付いたのだ。

狙撃手は自分の心臓の拍動すらノイズになる、というが似たような話かもしれない。自分が大声を出していては周囲の音に気づけないのと同じだ。

気の感知は音と同じように壁を透過して知ることができる。

一つ先の部屋ぐらいなら、今の時点でも見えなくはない。

寝返りをうって、壁の方に目を向ける。

人数は三人。

眠っているのか感じる気は小さい。

トラ達《たち》ではないだろう。彼らは今、別の部屋を占有しているはずだ。

『断罪』をしておいて隣の部屋で寝ているんだとしたら大した神経だが、彼はそこまで図太い性格をしていない。

第三の目《ピット器官》を持っていると分かるが、寝ている人間は起きている人間よりも体温が低い。

元々その事実は知っていたが、今の俺にはそれがよく見えた。

視界の隅の竜人娘の体温が上がっているのも、ハッキリと分かる。

「……」

俺が気を抑えたのを感じ取ったらしい。

臥龍《がりゅう》が寝返りを打って、こちらを一瞥《いちべつ》した。

俺は気をフラットな状態に戻すと、大人しく眠る。

もしかすると、俺が温度を見る目を持つのと同じように竜人には気に関する固有の感覚器官が備わっているのかもしれない。

◆◆◆◆

「ここが祈禱室《きとう》だよ。彼の御前だから静かにね」

ある日の夕食の後、子供達が蛇人族の師範に連れられてやって来たのは荘厳に飾り付けられた大広間だった。

入り口からすり鉢状の構造をした空間が覗《のぞ》く。

すり鉢の底、中心部には箱型の祭壇、そこで恭しく祀《まつ》られているのは、見覚えのある歪《ゆが》んだ形のナイフだ。

あれで俺の体に『真名』とやらが刻まれたのだ。不思議なことに、腕に刻まれた『真名』は自省部屋から出た頃にはもう見えなくなってしまっていた。

祈禱室の中心の祭壇を仰ぐように椅子が同心円状に並んでいる。それらの椅子には俺たちとは別の子供達が疎《まば》らに座り、熱心に祈っている。

師範に導かれてその一角に固まって座った俺たちは、彼に倣って両手を組んで祈りを捧《ささ》げ始める。

俺は形だけは彼らを真似《まね》ながら、壁面に沿うように作られた夥《おびただ》しい数の小部屋に目を向けた。

部屋とは言うものの、懺悔《ざんげ》室のように人一人が入るだけで精一杯のごく小さな箱のようなものだ。

——あの窓は何だろうか？

何かに引き寄せられるように、俺は箱の中のごく小さな窓へと注意して目を凝らす。

「……」

一瞬、箱の中の者と目が合う。自分の好奇心に従った事を強く後悔した。

俺はそこからゆっくりと視線を逸《そ》らして、祈りへと集中するフリを再開した。

この広間を囲うようにズラリと並んでいる箱の全てに人の気配を感じて、酷《ひど》く気味の悪い感覚が背中を撫《な》でた。

先ほどとは逆側へと目を向ける。

そちらでは俺と同期の子供達が熱心に祈っている。

子供達は一人を除いて、彼との邂逅《かいこう》を経験している。

子供達にとって彼は幽霊のように存在の是非を問われるものではなく、確かに実在する偉大なモノなのだろう。

一方、腕を組んで子供達から一歩離れたところから見下ろしているのは、我らが竜人娘だ。

彼女の視線は祭壇ではなく祈禱室全体を走る通路の方にあった。

ぼうっと眺めているのではなく、通路の床を辿《たど》るように視線を動かしている。

俺は持っている感覚へと意識を切り替えながら、その正体を探る。

視覚、ただの床だ。

聴覚、爪先で軽く叩《たた》いてみる。金属、ではないな。あまり音は響かない。裏に空間もないな。

触覚、足の裏からは冷感は伝わって来ない。温度を伝えやすい素材ではないか。

嗅覚、僅かに自省部屋で嗅いだものと同じ臭いがする。

味覚、は流石《さすが》にここでは試せない。

第三の目《ピット器官》も違和感は拾って来ない。

最後の一つ、気を意識して感覚を広げる。

気を抑えると、自身の存在感が薄くなり、周囲の気が相対的に浮き彫りになる。

俺は暗闇を歩くように周囲の空間を手探るイメージで探索範囲を狭め、精度を高めていく。

「……」

小さな流れが足下を流れているのが分かる。

気の流れは祈りを捧げる子供達からも僅かに漏れている、がその殆《ほとん》どは箱から流れ出ている。

おそらく、彼女はこの気の流れを見ていたのだと気づいた。

俺がうっすらと瞼《まぶた》を開くと、こちらを見つめる師範と目が合う。彼は何でもないように穏やかな表情で笑ってみせた。

あぁ、全くもって油断ならない。

「今日から自由時間での祈禱を許可しよう」

自由時間とは、朝食前の時間と、夕食から就寝までの間の時間のことだ。後者に関しては清拭《せいしき》の時間も含まれるので、少し短くはなる。

俺たちは師範に連れられて祈禱室の出口へ向かう。


同時に箱に近づいていく。


そして、近くに来てやっと気づいた。

この箱は文字通り、箱だった。

部屋ではなく、箱。

つまりは、扉が無かった。

なぜ扉が無いのかも、直《す》ぐに分かった。

中の人間は、遠目からは手を組んで祈りを捧げているように見えた。

事実は違う。両手の皮膚が癒着していた。

そう……これは大きな電池だ。

気というエネルギーを供給するための、巨大な電池。

電池には中の物を取り出すための蓋など取り付ける必要など無い。

使い捨ての電池であれば、電気が出なくなれば中身ごと捨てるだろう。

きっと、この箱も同じだ。

箱が作られるときには、既に中に人間が入っている。

人間が出入りするための扉は要らない。唯一、必要なのは呼吸をし、祭壇を覗くための窓だけ。

枯れ木の様に痩せ細りながらも、中の男は祈りを止めようとはしない。まるで、それだけのために生きているようだ。

俺の中で恐怖が首をもたげる。

もし、俺が致命的にしくじってしまったとしたら、こんなふうに心と意思を歪められ、祈りを捧げて死んでいくだけの電池に変えられてしまうのだろうか。

思わず口を押さえる。胃の底から吐き気が湧き上がった。

死にたくない。

発作のように寒気が体を襲う。

「……そ」

「……其《そ》は、慈悲深きものなり」

彼が俺の背後に立っているのを感じる。

微《かす》かに感じる暖かさが、少しずつ俺の体から寒気を取り除いてくれる。

「……其は、見えぬものなり」

見えない、触れない、聞こえない……だけど、確かに感じる。

何処《どこ》にも居なくて、何処にでも居る。

きっと、今も俺の後ろに居る。

呼吸が落ち着いて来た。

「……其は……ぅぐ」

もう一節唱えようとしたところで、背後から太い尻尾で叩かれる。

「じゃまだ。……早く、どけ」

尻尾の持ち主は傲岸不遜な態度で、一方的に命令してくる。

「す、すまない」

「……」

俺が壁際に避けると、彼女はジロリと視線をこちらに向けてから、俺の前を横切っていった。

◆◆◆◆

「はぁ」

呼吸はもう落ち着いている。

彼がまやかしであることなど、分かっているのだ。

それでも、俺はこの寒さをどうにかしてくれるなら、誰だって良い。

死の恐怖を打ち消してくれるのは、死を超越した存在だけだ。

俺は、心の底から彼を信じている子供達《たち》を内心馬鹿にしている。同時に、子供達に信仰心を植えつけて利用している大人達を軽蔑している。

愚かな子供と、悍《おぞ》ましい大人たち。

だが、そんな彼らよりも俺の方が。

「お願いだ。助けてくれ」

彼の実在を心の底から望んでいる。

彼を必要としている。

「脱皮の頻度はどの程度ですか？」

竜人の素材に目の眩《くら》んだシスターが俺に疑問を投げかける。

場所はいつも通り、就寝前の時間の瞑想《めいそう》室。

「分からないです。覚えている限りでは、これまでに三回ほどです」

「……年に一回くらいでしょうか」

それは分からない。房へと閉じ込められていた俺たちは日の昇る時間も分からないし、カレンダーも無かった。そもそも一年が何日かも分かっていない。

いくつか疑問はあるが、あまり質問しすぎると彼女に怪しまれるので、投げかける質問は相手が質問して来たものに関係のあるものに絞る。

「前にお渡しした鱗《うろこ》で、どのような薬を作ったのですか？」

本当は毒について聞きたかったが、無駄な警戒を生まないように薬について聞いた。

「……あの後に調べたら、薬には鱗よりも血液の方が向いているようです」

カブトガニも血液が薬に使われていると聞いたことがあったな、などと関係のない事が思い浮かぶ。

「わたくしだけが受け取ってばかりなのも、良くはないですね。……そういえば貴方《あなた》は、気の放出を不得手としているとか？」

「えぇ、そうです」

間違ってはいない。とっかかりが摑《つか》めるまでは気の放出は全くできなかったし、その後の成長速度も突出している訳ではないので、未《いま》だ同期の中では後ろから数えた方が早い。

「折角瞑想室に居るんです。わたくしが見て差し上げましょう」

「……」

シスターはゆっくりと歩き、近くの椅子の一つをクルリとコチラへ向ける。そして感情の読めない微笑《ほほえ》みを顔に貼り付けた。

「さあ、座りなさい」

「……ありがとうございます」

シスターは俺を椅子に座らせると、棚から取り出した幾つかの壺《つぼ》と蠟燭《ろうそく》を持って来た。

シスターは壺の蓋を開けて、匙《さじ》で中の粉末を掬《すく》い取って皿へと載せる。壺によって掬い取る量を変えているので、適当に取っている訳ではないようだ。

全ての壺の中身を入れたところで、彼女は皿を揺すって粉末同士を混ぜ合わせる。全体が均等に混ざったところで皿を差し出してくる。

「あの、これは？」

「睡死草の粉末です。精神を落ち着ける作用があります」

名前に『死』が入る植物など、とても安全とは思えないのだが。

「過剰に摂取すれば、眠るように死に至ります」

ほら。

「蝕念花《しょくねんか》の実も入っています。気の発生を助ける作用があります」

『蝕』の字に危険を感じる。

「これも、取り過ぎれば内臓が溶けて死にます」

ほら。

「あとは乾燥させた飢《き》呑蓮根《どんれんこん》です。これは有害な作用を持つ成分が体に吸収されないようにする役割があります」

成程、これで上二つの害を抑えるという事か。

「ただ、取りすぎると消化器官の働きが弱まりすぎて餓死します」

お前もか。

「全て、通常は毒草とされるものですが、わたくしは毒と薬は紙一重のものと考えています。薬も病人でないものには毒であったり、用量を守らなければ体に毒となります。過度に恐れるものではありません。恐れるのは無知なまま遠ざけることです」

「仰《おっしゃ》る通りです」

正論により逃げ場を失った俺は、シスターの言葉を肯定するしかなかった。

皿を持ち上げて粉末を口に流し込む。

味は分からない。

腹を決めて、直ぐに薬を飲み込んだ。

毒を飲んだかもしれない、という心配で気分が悪くなってくる。


俺が粉末と格闘している間に、シスターは眼前の蠟燭に火を付けていた。

「さあ、【放気《ほうき》】をしてみなさい」

「はい」

俺は体から力を抜くと、意識の殆《ほとん》どを気の操作に回す。

そこまで意識を割く必要は無いとは思うのだが、折角一対一で見てもらえるのだから、なるべく本気でやった方が良いと思ったのだ。

それに態々《わざわざ》実力を隠す必要も無い。……少なくとも、今は。


「確かに、出力には優れないようです。では、【充気《じゅうき》】はできますか」

「はい」

俺は最近習得した【充気《じゅうき》】を行う。

これは気を体の表層に纏《まと》うことで身体能力を強化することができる。

「……操作の方は出力ほど悪くはないですね。それを集めることはできますか？　手や足に」

「集める、ですか？」

これまでは体の中心から気を遠ざけるイメージで動かしていた。

【放気《ほうき》】は体から出来るだけ遠くへ持って行く。

【充気《じゆうき》】は【放気《ほうき》】よりも体に近い位置へ止めるようなイメージでの操作だった。

折角中身は子供ではないのだから、もっと自由に気を応用させても良かったのにと、小さな後悔に苛《さいな》まれる。

「初めてなら、手の方が良いでしょう」

シスターは俺の手を取ると、親指の付け根あたりを軽く指先で押し込む。

「この辺りに気穴があるので、意識しながら気を集めてください」

集める、というぐらいなので気を放出する場所を限定する、というよりかは【充気《じゆうき》】で体表に集める気を手の方へ誘導するイメージだろうか。

蠟燭の火のようにゆらゆらと体を覆う気が、意識して動かそうとすると、少し歪《ゆが》んだ。

右手に、集めるように……。

しかし、気は形を歪めるだけで、移動する気配は無い。

「……先に段階を踏んだ方が良いでしょうね。では、逆に右手だけ気を纏わないようにしてみてください」

「……はい」

右手以外に集めるという事か。

右手だけに集めるよりかはいくらか簡単そうだ。

袋の中の水を動かすような心地で、右手の気を押し除《の》ける。

集める、とは若干違うだろうか。

「できています。……もっと気を纏う部分を狭めることはできますか」

「……っ、やってみます」

既に限界が近いが、気を動かすこの感覚に早く慣れたい。

俺は苦心しながら、気を操作する。

薬のお陰か、いつもより気の動きに集中できる気がする。

「その調子です。もっと体から力を抜いてください」

シスターは俺の肩に手を置くと指先で一定の間隔で肩を叩《たた》く。

——トン、トン、トン
俺はさらに気の操作へと意識が集中していく。

——トン、トン、トン

体の形さえ忘れて、全身が気だけになったような心地がする。

その感覚の中で体を動かすように、気を動かす。

この世界では俺は赤子に等しい。気《からだ》を動かすことすらままならない。俺はもどかしさを覚えながらも、微調整を加えながら試行を繰り返す。

「わたくしの声が聞こえますか」

「……はい」


蠟燭から目を離せないまま、俺はシスターの言葉に無意識に返事をした。


「『戦闘訓練』の師範と竜人の娘が隠れて話しているのを見たことがありますか」

「……いいえ」


口が勝手に言葉を紡ぐ。まるで俺の体の制御が奪われたようだ。

視線は微動だにせず、シスターを視界に入れることすらできない。

俺の意識は淡々と気の制御を続けている。

「あなたは『戦闘訓練』の師範と話すことはありますか?」

「……一度だけ」

「何を話しましたか？」

「……優等のコインを受け取った時に、使い道を教えられました」

「そうですか……あなたは蛇人族の師範と話すことはありますか？」

「……あります」

「その時はどんな話をしますか？」

「気の、扱いを……相談してました」

「あなたは……あなたは本当にあの娘を殺すつもりが有るのですか？」

「……はい」

俺の返答を聞いて、シスターは考え込むように俯《うつむ》いた。


そうして十数分ほどの問答を続けた後に、シスターが俺を集中状態から引き戻した。

「ありがとうございました。お陰で気の扱いも上達できそうです」

「行き詰まったら、わたくしがまた見てあげましょう。貴方は他の者よりも器用に気を扱うことに力を注いだ方が良いでしょう」

シスターは何も無かったかのように振る舞っている。

実際、ただ質問されて答えただけなので、違和感に気づかない可能性もあった。

しかし、答えるつもりの無い質問に答えさせられたのは確かだ。

おそらく精神を落ち着ける作用のある睡死草とやらが、俺の思考能力を削《そ》いだのかもしれない。

シスターに対して嘘《うそ》を吐《つ》くといった思考さえできなかった。

自白剤を飲ませられたようなものだ。


幸いにも聞かれたことは致命的な質問ではなかった。

シスターは、前に俺が言っていたことが真実か確かめたかったのだと思う。

彼女と別れて部屋へ向かう中で、俺は歯を食いしばる。

これからは迂闊《うかつ》に嘘が吐けなくなる。


どうやってシスターの追及を躱《かわ》すかを考えながら、部屋の扉を開ける。

「ス……フゥ」

その向こうには、日課となった瞑想《めいそう》を行っている竜人娘の姿があった。

彼女の集中は日に日に深くなり、今では俺が出入りしても揺らがない程に深い集中を纏うようになった。

部屋の中は心音がうるさく感じるほどに静謐《せいひつ》で、息が詰まるほどに濃密な気で満たされていた。

相変わらず今にも膝を折ってしまいそうなプレッシャーを感じる。

このプレッシャーに気で対抗しようとすれば出力が足りずに押し流されてしまう。気と気では反発し合うのだ。出力を上げればスタミナ勝負になって、最終的に押し流される。

なら発想を変える。

俺は体の中の気の量を逆に減らす。

すると、ある時点から気の流れが俺と反発するのではなく、俺を通過して、背後へ流れていくようになる。

そうして反発も感じなくなった。

教えられるまでもなく気の抑制が使えた俺にとっては、この状態を維持するのはそれほど苦ではない。

俺は以前より少しだけ近い位置に移動した布団に座ると、彼女と同じく座禅を組んだ。

彼女が鍛えている時間は、俺も鍛えないといけない。

そうしないと本当に追いつけなくなる。

シスターの指摘によって俺の視野が狭くなっていることに気づいた。

今も発想を変えることで一つの障害を乗り越えた。

がむしゃらに高めようとするだけではきっと及ばない。

時間を全て注ぎ込んで、思考を隅の隅まで回せ。

全ての発想を試して手札を増やし続けろ。

考えるんだ。どこまで己を削れば……竜人娘《コレ》の命に届くか。

◆◆◆◆

その日は朝から『走破訓練』だった。

そしていつもは蛇人族の師範が監督するところを、『戦闘訓練』の師範、コンジが監督をすることとなった。

彼に連れられていつもとは違う道を歩く。

辿《たど》り着いた先は、外だった。

運動場のように壁に囲まれたものでもなく、目前には森が広がっている。

「今日は『追跡術』の指南を行う」

子供達《たち》は新しい技術の習得に浮き足立つ。

俺は彼らが緊張を失っているのが気になったが、それよりも今世では初めて見た森が安全なものであるかを確かめたかった。

「森には獣が潜んでいる。注意して歩け」

師範はそれだけを告げるると、さっさと森に入っていく。

子供達は我先にと彼を追って森に足を踏み入れる。

俺も彼らについて森へ入った。

「……？」

俺はその瞬間に違和感を覚えた。

前世の森と目の前にある森の植生が異なるからだろうか。

もしも俺に知識があったら細かい分析もできただろうが、生憎《あいにく》前世の俺にはその類の学が無かったらしい。

少なくとも目の前に広がる森には、人間を食べそうな牙のある植物も、ピンク色の葉を持った草も、根を使って歩く樹木も見当たらなかった。

見た目は普通の森である。

「――〈兎《うさぎ》〉の足跡は対称な形をしている。見て覚えろ。この時、進行方向はこっちだ」

初めて見る森に気を取られている様子の子供達を咎《とが》める気配もなく、師範はひたすらに知識を垂れ流す。そういえば子供達は地面に生えている木よりも、頭から葉っぱが生えている種族の方が馴染《なじ》みがあるくらい、植物を知らないのだった。

「そして、折れた枝の跡を見れば体格も分かる。……これだ、膝より低い」

師範は小さく折れた枝を指差す。

「足跡も慣れれば深さと土の硬さから体重を割り出すこともできる。他にも、……この足跡は右だけが深くなっている、方向を変えたからだ。天敵の存在を察知して逃げ出したのだろう。……こういうこともわかるようになる」

彼は子供達の方を振り向いた。

「生きる全てが痕跡を残す。音、体重、代謝、そして気。その全てを捉えて探せ。隠れる時はその逆だ、相手が何を頼りにお前たちを探しているかを考えて隠せ」

師範の話も興味深いが、俺はそれよりもなぜ今回の『走破訓練』を彼が担当したのかに気づいた。

彼が兎の足跡について説明を始めるよりも早く、俺にはその足跡が見えていた。第三の目《ピットきかん》のお陰だ。

兎の体が枝の葉を掠《かす》めて移った僅かな温度の変化を見れば、その先にいる兎の体格が両腕で抱き留められる程度のものであることも分かる。

つまり、蛇が持つ感覚は追跡に向き過ぎているのだ。彼から教わらなくても森の中の兎を見つけられる程に。

そして恐らく蛇人族の師範も同じものを持っているのだろう。

だが、全ての種族が蛇人族と同じ感覚器官を持っているとは限らない。備えていない感覚までは教育ではどうにもならない。

そこで最も癖のない種族であるコンジが『追跡術』を教えるのだろう。

俺は静かに納得する。

しかし、やはり俺も大人がいるからと油断していたのだろう。

その大人が信頼出来ない存在であることを見落としていた。

「アァ!!」

兎を追っていた別の天敵が、子供という格好の獲物に噛《か》み付いていた。

それは黒いモヤのようなものを纏《まと》った、狼《おおかみ》の形をした生物だった。

子供の頭を超す程の体高を持つ狼が、犬人族の少女の首に牙を食い込ませていた。


子供達の悲鳴が響く。

〈狼〉が首を振ってさらに牙を沈ませると、少女が事切れて手足から力が抜ける。

「注意しろと言っていた筈《はず》だ」

師範が一息に複数のナイフを〈狼〉の頭に刺す。

吠《ほ》える暇もなく地面にくずおれた〈狼〉の口から、犬人族の少女がこぼれ落ちた。

倒れた〈狼〉の体から汚れが水で洗い流されるようにモヤが消えて、俺の知る狼の姿が現れた。

さっきの姿は何だったのか、なぜ死ぬとモヤが消えたのか、師範からはその説明は無い。

そしてやっと森に感じていた違和感の正体に気づいた。

鳥の声が聞こえない。

鳥が居ない訳ではないと思う。しかし、捕食者が近くに居ることを察知して潜んでいるのだ。

師範は、〈狼〉の脳天からナイフを抜き取る。

「これを、施術室に持っていけ」

「はい」

子供達の後ろの方へ声を掛けたと思ったら、師範と同じく黒いローブを纏った人物が現れる。声色からして若い男だろうか。

そして死体を男に預けると、師範は再び『追跡術』の説明を再開した。もう、子供達の中に浮ついた空気は残っていなかった。

俺は子供が死んだことよりも、隠れ潜んでいた男に気を取られていた。

彼らは蛇の性質を持つ俺の目を搔《か》い潜《くぐ》って、近くに潜んでいたのだ。

それも、コンジの決して大きくない声が聞こえるほど、近くに。

俺と同じく蛇人族の人間が居るくらいだから、その第三の目《ピット器官》の性質も、それを誤魔化す方法も知られてしまっているのだろう。

逆に俺の方も他の種族の性質について知っておかねばならないということだ。やはり知識が得られないのはかなりキツい。

誰にも見えず、聞こえない種族なんてものが存在したなら、俺は何の抵抗も出来ずに殺されることになりそうだ。

◆◆◆◆

その後も数時間の講義を終えて、森から戻ってきた俺達は『特殊訓練』というものに参加することになった。『特殊訓練』の師範はシスター。

「この訓練では、人体の構造、急所や弱点を知り、それらの知識を戦闘と走破の訓練に生かしていくことを目的とします」

彼女は一つの死体を前にそう語る。

「・・・丁度良く、貴方《あなた》達と同じ体格、年齢の体が用意出来たのでこの体を解剖していきます」

台の上に横たわる体の正体に気づいた子供の一部は口を押さえて絶句している。

よくよく考えればおかしかったのだ。

コンジが〈狼〉が迫っているのに気づかないはずがない。

もしかしたら子供達の油断している様子を見て、罰のつもりでわざと見逃したのかもしれない、など思っていたが、違う理由だったのだ。

『断罪』といい今回の〈狼〉の件といい、コンジには子供達が死んでも構わない、という思惑が見て取れた。

シスターが以前俺にナイフを向けそうになっていた時と比べても、彼は命に対して何の価値も感じていないように見えるのだ。

「解剖の前に、全員【充気《じゅうき》】を維持してください。死体は瘴気《しょうき》を放ちます。触れれば腐敗、最悪は壊死《えし》します。この死体はそれほど時間が経《た》っていないので大丈夫でしょうが、今後死体に接する時には必ず【充気《じゅうき》】か薄い【放気《ほうき》】を維持するようにしてください」

死体に近づくと腐敗する、とは再び俺の知識とは異なる事象だ。

シスターの口調の重さからして、単純に死体が不衛生であるのとは訳が違うようだ。少し強めに【充気《じゅうき》】を纏って死体に近づいた。

シスターはまず死体の皮を剥いだ。

その下にある筋肉と白い筋が露《あら》わになる。

「これが人間の体を動かす筋肉です。そして、筋肉の力を伝えるこの白い繊維が腱《けん》。手首を通る腱を引っ張ると、ほら……このように指が動きます。人体の動作は突き詰めれば骨、筋肉、腱の駆動で説明出来ます」

「犬人族の耳は外耳道が途中でこのように曲がり、中耳へと繋《つな》がっています。しかし中の構造は人族と変わりはありません。ここに三半規管があり、頭を揺らしてしまえば平衡感覚を奪うことができます」

「人体には大きな血管が通っている箇所がいくつかあります。首、太腿《ふともも》、心臓。心臓は肋《ろっ》骨《こつ》に守られているので、狙うならば首の横か太腿の内側です。特に首は外側から簡単に狙うことができます。この死体も……」

彼女は淡々と体にメスを入れた。

目の前の光景の残酷さに目を瞑《つぶ》れば、シスターの講義は非常に分かりやすく丁寧だった。

そして、自身の肉体がどうやって動いているのか、逆に人の肉体はどうやって壊すのか、という目的を見据えた有意義な講義だった。

そう思えるのはきっと、横たわる犬人族の少女に何の思い入れもないからだろう。

逆に彼女と同室だった子供達《たち》は、シスターの講義が進むたびに湧き上がるものを抑えるのに必死で、ほとんど集中できていないようだった。
そうしてシスターによる『解体術』の講義は終わった。

その日の夕食では子供達の手はいつもより遅かった。
それ以来、祈禱《きとう》室へと通う子供の数が増えた。

——二章『全ては糧となる』

『走破訓練』では時々、『追跡術』の習得のために森の中へと入る事が増えて来た。

死亡者はあれ以来ほぼいないものの、負傷者は頻繁に出た。

原因はもちろん、森の中を徘徊《はいかい》する獣によるものだ。

師範達は獣による襲撃を受けた時、必ず初撃は子供達を守らず、見逃す。それは『解体術』の資料を作るためだと思っていたが、どうやら森の中での警戒を身につけさせるためのようだ。

俺はその中で、森に隠れてこちらを監視しているであろう、師範以外の大人を探すのに苦心している。

時折、気配というか残り香のようなものを感じるのだが、その影を摑《つか》むには至っていない。

そして獣の種類も多様だった。

初日に現れた〈狼〉。次の日に師範が捕まえた、角の生えた〈兎〉、雷のようなものを纏っている〈猪《いのしし》〉など、俺の知っている動物に似て非なる生物が多く現れた。

同じ〈狼〉でも見かけ上は俺の知っている狼に近いが、異常に力の強いものや、木の上をムササビのように飛び回るものもいた。

ただ、これは俺の予想なのだが、これらは種族差ではなく、個体差なのかもしれない。というのも、俺はこれまでに全く同じ特徴を持つ〈狼〉を見たことがないのだ。同じ筋肉が発達したタイプでも、全身が筋肉質な個体や、下半身だけが大きくなっている個体が居たりと多様性があった。

ここまで多様な種族が狭い範囲に現れるというのも奇妙だ。

これまで見て来た〈狼〉同士が同じ食性なのだとしたら、似た形質、性質を持った〈狼〉同士は競合し、より有利な性質を持つ一種だけが残る筈だ。

ということは〈狼〉の多様性は、種族の違いではなく、個々の技術の差から生まれているのではないだろうか。

この予想が正しければ、〈狼〉は多様な能力を学習して自分で身につけていることになる。

この世界と前世の大きな違いである『気』がきっとこれらの違いを生んでいるに違いない。

つまり気の力を上手《うま》く使えば〈獣〉と同じことができるということだ。

◆◆◆◆

「目の前にある針を持って下さい」

その日、『特殊訓練』でシスターが登壇した。

訓練が行われたのは瞑想室《めいそう》と似た間取りの部屋だったが机の並びは前世の学校を思い浮かばせる。

そんな教室のような部屋で、俺たちは適当に席に着いた。

俺たちの目の前の机の上には複数の針が箱の中にあった。針は裁縫の針より少し大きい程度。

「あなた達には、これから仙器を作って貰《もら》います」

前にシスターが見せた、切った相手を疲労させるナイフ型の『仙器』。

いよいよ、その核心に触れられる。

「仙器とは気によって特殊な力を付与された道具の事です……一つ、見せてあげましょう」

言いながらシスターは、俺たちの前にあるのと同じ針を二本取り出した。

「これが普通の針」

そう言ってシスターが投げた針は壁に弾《はじ》かれた。

「……そして、これが仙器となった針です」

次に投げつけられた針は、半ばまで壁に刺さった。

「何の変哲もない針ならこの程度の仙器ですが、この程度でも急所に当たれば脅威となります」

その一言と同時に、子供達の興味が一気に集まった。

「方法は簡単です。その針が『貫くこと』を願いながら、気を込めるだけです」

子供達は各々が針を睨《にら》みながら、次々と自身の気を活性化させていく。俺も素直にシスターの指示に従って針を手に取った。

シスターの言葉で気になるものがあった。

『何の変哲もない針ならこの程度の仙器ですが』

この言葉が真実なら、何の変哲もない針でも仙器にできる。

つまり大抵のものなら仙器にできる、という訳だ。

そして『何の変哲もない針ならこの程度』なら『変哲のあるもの』を器にすれば『この程度』以上のものができる、と解釈できる。

そう、例えば竜人の鱗《うろこ》とか……。

俺が色々と思考しながら気を込めていると、突然針の先が折れて机の上に転がった。

「？」

「貴方、雑念が多すぎます。言ったでしょう？　貫くこと『だけ』を考えなさい、と」

「……すみません」

俺が転がった針を手に取り、少し力を込めると針はまた簡単に折れてしまった。

中身がスカスカになってしまったかのように脆《もろ》くなっている。

思考がブレてしまうと、仙器化は失敗する。

そして仙器化が失敗すると、器にしたものは脆くなって壊れる、と。

まずは、一つ仙器化を成功させたい。

◆◆◆◆

俺の机には三本の針が突き立っていた。

これらは仙器化に成功したものだ。

対して、仙器化に失敗して折れてしまった針は十本以上。

成功率は一、二割程度。段々と集中力も切れて来た。それに気も消耗する。

針の仙器化には一本だけならそれほどの気量は必要としないが、十数本も気を注ぎ込めば嫌でも疲れてくる。

俺は周囲を見回す。

仙器化に成功している子供は意外と少なかった。

この年代では集中力を持つ方が少ないだろう。

それでも、飛び抜けたものはいる。


特に目立っていたのはエルフの少年だ。

彼は『操気訓練』で飛び抜けて優秀な成績を取り続けている。

その彼の目の前には、十数本の針が突き立っている。

折れた針は僅か一本。

初めに失敗して以来、彼はただの一本も残さず仙器化を成功させている。

やはり、彼は気の操作に秀でているようだ。


そして、件《くだん》の竜人娘の前には、夥《おびただ》しい数の針の刺さった机と、それ以上の数の折れた針が転がっていた。

彼女は気の量で他の追随を許さなかった。

そして、操作においてもエルフの少年ほどではないが、それ以下とは大きく差を開いている。

仙器化には気の操作以外にも、集中力の影響も大きいので正確な順番はわからないが、おそらくこの二人が飛び抜けているのは変わらないだろう。


俺の三本という数は少ないと思っていたが、それでも子供達の中では上位だった。

「『貫く』というのを理解していないようですね」

シスターが、猿と思わしき獣人種の少年の側《そば》に佇《たたず》んでいた。

彼の机の上には、崩れ落ちた針だけが転がり、一本も机に刺さっているものは無かった。

彼女は少年の手を取ると、その甲に針を向けた。

「あ、ッガアアァアア!!　痛、いっ。やめてッ!!」

人差し指と中指の間を通った針の先が、貫通して手のひら側から飛びだす。

獣人種の少年が暴れるのを押さえ込んで、その頬を摑んだ。

彼女の目には少年に対する嫌悪感が浮かんでいた。

「ほら!　コレが『貫く』です。よく見なさい!」

「い、が……ァ」

針が刺さった少年の手を持ち上げて、彼の眼前に掲げる。

暴れることすら許されず、少年はそのままの状態で訓練を続ける事を強要された。

シスターによる『指導』は一本も仙器化を成功させていない少年少女に対して行われ、十人近くがその犠牲となった。

しかし、不思議なことに彼女の『指導』は人族以外にしか行われなかった。

その行動からして、シスターは人族以外を嫌悪しているのだろう。

幸いにも仙器化を成功させていた俺は、シスターに見逃された。

押し殺すような悲鳴が上がる中、俺は残りの時間を、仙器化の性質を知るための研究に費やした。

◆◆◆◆

『走破訓練』には新たに『設罠術《せつびん》』と『看破術』の訓練が始まった。

「違う、ここは縄をこう、結んだ方がいいな」

土精族《ノーム》の少年はブツブツと呟《つぶや》きながら俺達《たち》の設置した罠《わな》を手直ししていく。『設罠術』は文字通り罠の設置、『看破術』は罠の看破を目的とした技術だ。

この二つの技術は対になっている。

罠の設置について造詣が深ければ、その看破も比例して上手くなる。

逆もまた然《しか》り、だ。

そして、効率的に訓練するために蛇人族の師範は、子供達を罠を設置する側と看破する側に分けて競わせる事にした。

罠の設置場所となっている区画で、俺たちは師範に教えられた罠を設置していた。

もちろん設置する罠は殺傷性の低いものに変えている。

怪我《けが》はあっても死ぬことは無い。

ただ、罠の種類によっては重傷も有りうるので、段々と訓練は厳しいものになりそうだ。

ここで意外な才能を発揮したのが、土精族《ノーム》の少年、トラとつるんでいた『チビ』だった。

種族の特性のせいか、土精族《ノーム》や土人族《ドワーフ》の子供は飛び抜けて器用だった。

トラとは別の班になった彼は意外な積極性を見せており、俺はその事に少し驚いた。

ちなみに土精族《ノーム》と土人族《ドワーフ》の違いは、どちらも小さいのは同じだが、横にも大きくて力が強いのが土人族《ドワーフ》だ。

成長すれば違いはもっと顕著になってくるかもしれないが、罠の看破に関しては横並びに近い。

残念ながら俺の第三の目《ピット器官》は非生物相手だと温度から異常を感知できず、通常の感覚や知識に頼るしかない。

例えば蝙蝠《こうもり》の獣人族でもいれば触れずに扉の向こうを探り、看破することが可能だったかもしれないが、この場にいる子供達の中にはそういった種族は存在しなかった。

ただ、これはこの世界に存在しないというよりも、翼のある種族は脱走を防げないのでここには居ないだけの可能性もある。

ここまで、様々な訓練を受けて来たが、種族の傾向としてプレーンな人族以外は一芸に特化している傾向が強い。

しかし、特化の度合いが大きいほど、弱点は浮き彫りになる。

土精族《ノーム》や土人族《ドワーフ》の場合、指が小さい分器用さには優れるが、体格では劣る。

俺などは、熱を感知する目や尻尾を持っているが……爬虫類《はちゆうるい》の特徴を考えると寒さに弱い可能性がある。自身の種族の特性を理解する必要がありそうだ。

一日の訓練を終えた俺は部屋に戻り、手のひらの上で木片を転がしていた。

木片の大きさは指先程度の小さなもの。それを握り込んでゆっくりと気を流し込む。

より硬く、固く、堅くなれと、意思を込める。

頭の中をただそれだけで埋め尽くす。

「……」

気の量が器の限界を超えたことを手応えで確かめた後、人差し指と親指の間で強く挟む。

やがて、木片に罅《ひび》が入ったと思ったら、割れて地面に転がった。きちんと硬くなっている。

気を込める速度をゆっくりにすれば、精度を上げることができるようになった。逆に、気を込める速度を上げようとすれば、速度をあげる事に意識を持って行かれて、成功率が下がるようだ。

少なくともこのサイズの木片を器にすれば、確実に成功させることができるようになってきた。ちなみに、この木片は壁を毟《むし》ったり、森の中で拾ったものを使っている。

そして付与できる効果の強さは器によって変わるようだ。この木片では針よりも少ない量の気で弱い効果の仙器となるようだ。

出来上がった仙器も指先で破壊できる程度の硬さにしかならない。

一度壊れた仙器は緩やかに効果を失っていく。

ただ、効果を失った後の木片は通常の木片と変わりは無い。

同様に仙器化の途中で気を込めるのを止めた場合も、脆くなることは無い。

やはり、失敗した場合を除いて器が壊れることは無いようだ。

大体五分かけて木片一つが仙器になる。成功率は今日は九個やって全て成功できる位。

もうそろそろ速度を上げる事に注力しても良いかもしれない。

次は隠している竜人娘の鱗を使って仙器を作ろうかと思ったが、どのような効果を付与すれば良いだろうか。

針であれば貫通力の強化、木片であれば硬くしたり、重くしたり、軽くしたりと色々なものを試したが、鱗《うろこ》だと何ができるか。

仙器化の経験を積む過程で知ることができたが、器には大抵の効果が付与できる。

例えば、木片に対しても貫通力強化の付与は可能である。とは言っても気の感覚で木片の仙器化が確認できるだけで、実際に木片の貫通力が上がっていることを確認したわけではない。

それに器によってどの程度の付与が可能なのかも変わる。

例えば木片に『触れると疲労する』効果を付与してみたが、どれほど触っていても効果を実感することはできなかった。

一度付与を失敗すれば、再び付与することは出来ない。

なので、出来るだけ良い効果を鱗に付与したいが、逆に鱗の格よりも高い効果を選ぶとその効果は殆《ほとん》ど発揮されない事になる。

手持ちの鱗は一枚のみなので、慎重に効果を選ぶ必要がある。


「……じかんだ」

「あぁ、もうか」

竜人娘が、俺の訓練の終了を宣言する。

ここは彼女と共有する部屋の中だが、俺はどうしてもこの中で仙器化の訓練がしたかった。

しかし、彼女が訓練している部屋の中で気を放出しようとすると、反発により部屋の外に叩《たた》き出される事になる。仙器化という繊細な作業など出来るはずもない。

そこで俺は彼女に自由時間の半分の時間、彼女に気を放出する類の訓練を控えてもらう交渉をした。もちろん放出以外は一切控えなくても構わないとも伝えて。

結果、彼女はその提案を了承した。

彼女は俺が仙器化を行っている様子を見たり、時折部屋を出てどこかをほっつき歩いたりしているようだった。

子供達に許されている自由時間の過ごし方は、自室に籠るか、祈禱《きとう》室で祈るかの二択なので、普通に考えれば彼女が部屋にいないなら、祈禱室にいるという選択しかあり得ないのだが、彼女は敬虔《けいけん》な信者にはとても見えない。

聞けば教えてくれるだろうか……怪しまれそうな気がする。

彼女の気が部屋を満たし始めると同時に、俺は自身の気を限界まで抑える。既に俺の纏《まと》っている気の量は仙器と化した木片と変わらない程度の濃さだ。

彼女は俺の居場所を確認するように一度視線をやると、すぐに目を閉じた。


俺は頭の中でもう一度仙器化の感覚を反芻《はんすう》する。

手の中に木片を想像しながら、さらにもう一度。

俺の想定通りならば、仙器化は大きな手札となり得る。

仙器化の核は気の操作と集中力。後者は少なくとも同年代の子供と比較すれば精神的に成熟している自分の方に一日の長がある。

そのアドバンテージをもっと増やしていく。

誰よりも早く、高い精度の仙器化を習得する。

それが俺の一つ目の目標だ。

◆◆◆◆

「……っかハ……降参だ」

「まだいけるだろう、が!!」

『戦闘訓練』の中でも武器の扱いに関する『器術』の訓練の中で、組み手が行われた。

運の悪い事に相手になったトラは機嫌が優れないようだ。

彼の蹴りを腹部に受けて白旗を上げたが、トラはそれに気を良くするだけで、手を休める気配は無い。

虎人族である彼は虎としての性質のせいか、体格から予想できない程に敏捷性《びんしょうせい》に優れている。何より恐ろしいのはその敏捷性に引けを取らない野性的な反射速度。

戦闘訓練では彼が優等を取ることがますます多くなっていた。

想像していた通り、肉食動物の類の獣人は膂力《りょりょく》に優れていることが多いようだ。

そして……実は意外にも、蛇人族も膂力では優れる側に属する。

例えば同期にいるもう一人の蛇人族の少女は瞬発力に長《た》けているし、筋力も思いの外強い。

ならば俺も同じように瞬発力に優れていれば良かったのだが、残念ながら俺の身体能力はこの里では平均的だ。

代わりに彼女にはピット器官が無いらしい。

蛇人族ならピット器官を持っているものだと思っていたのだが、『追跡術』の訓練の時に彼女を観察したところ、熱を感知できるにしては妙な行動や視線の動かし方をしていたことに気付いたのだ。

そのように、同じに見える種族でも特性が異なることもあるらしいと知った。

トラはおそらく虎人族の中でも身体能力に優れるタイプなのだろう。

彼は鋭い犬歯を剝《む》き出しに攻撃的な笑みを浮かべると、ナイフ型の木刀で俺の肩を突いた。

「……っ」

所詮は木刀なので、刺さることは無いのだが、痛いものは痛いし、力加減によっては怪我もする。

それに戦闘訓練は既に全員が気を最大限まで活用して行われているので、その分リスクも大きい。

そのまま組み手を続けたい様子のトラ。彼の瞳の奥を俺は覗《のぞ》き込み、彼の視線の癖を読み取る。


ここら辺か……。


彼がナイフを振るのに合わせて、俺は素早く右に立ち位置をずらす。

一瞬、彼の視線が俺を見失うのが分かった。

俺は隙だらけの彼の首元を狙ってナイフの先を近づける。

「っ……遅え！」

直《す》ぐにこちらを捕捉したトラの左手が俺の右手に噛《か》みついて引き倒す。流れに逆らわず素直に地面を転がる。

「ネチネチ。お前、いま何しやがった？」

「何のこと？」

トラが油断ない視線を俺に向けてくる。

もちろん俺はわざわざ手札を開示する気は無いのでとぼけて彼の質問を受け流す。

二人で睨《にら》み合う状態が数秒続く。

「ちっ……もう一度だ」

「もちろん、受けて立とう」


「グエッ」

組み手を再開しようとした俺たちの横に、蛇人族の少女が車に轢《ひ》かれたような速度で転がってくる。

「じゅうに」

無慈悲なカウントと共に、銀色の尻尾が宙をうねる。

竜人娘が蛇人族の少女を虫でも見るように無機質な瞳で見下ろす。

「あああああ!!」

見下されることが許せないのか少女は地面に蹲《うずくま》りながら吠《ほ》えた。

「……はやく、立て」

竜人娘は静かに苛立《いらだ》ちを纏いながら、少女に催促する。

「師範に、敵《かな》わないっ、くせに」

「……」

竜人娘は黙り込む。代わりに彼女の持つ木刀がミシリと音を立てた。

「あはっ!! 図星じゃん。自分より弱いやつに威張ってるだけ！」

「……」

チリになった木刀をその場に捨てながら、蛇少女に重々しく歩み寄る。なおも蛇少女は彼女を煽《あお》り続ける。

「卑きょう者！　弱虫！　トカゲもどき！　なに、この手。離してよ！」

「……スゥ」

竜人娘が彼女の胸ぐらを摑《つか》み、大きく肺を膨らませる。

「GAAAAAAA̋A̋A̋A̋！！！！！」

そうして、至近距離で咆哮《ほうこう》を浴びせた。

もちろん間近で聞かせられた蛇少女は耳から血を流しながら気絶した。

竜人娘は、力を失った彼女の体をゴミのように地面に投げ捨てる。

「……じゅうさん」

そして復讐《ふくしゅう》のカウントを一つ進める。

二桁後半に及ぶ『断罪』に参加し続けた蛇少女の人生が幸せに終わる事を願うと同時に、目の前で青くなっている虎人族の少年の先行きの不幸に俺は同情する。

トラのカウントは確か……『にひゃく』だった気がする。

◆◆◆◆

「今から『遁走訓練《とんそう》』を始める」

『戦闘訓練』の師範、コンジが大きな棍棒《こんぼう》を片手に淡々と告げる。

いつもと違う方角の森に出たと思ったら、これまでとは趣向の異なる訓練が始まるようだ。

コンジが軽々と棍棒を持ち上げると、森の向こうを差した。

「あの山の上まで走れ」

説明が端的で、非常に分かりやすい。

だが、この場所での訓練がそんな簡単な筈《はず》がない。

「途中には罠《わな》があるが……対処しろ」

あまりにも投げやりな指示だ。

要は罠の張り巡らされた森の中を走っていく、という内容のようだ。
それでも大きな疑問が残る。
俺は彼が片手で握っている棍棒に視線が行く。

「遅れた者は、この棍棒で打擲《ちょうちゃく》する」
子供達《たち》の中にはその発言に驚く者は居なかった。
師範からの無茶はもちろんのこと、命の危険にさえ彼らは慣れつつあった。
だが、今回はそれを加味しても大人たちの意地の悪さに目を疑う。
なぜなら、今日は雨だからだ。しかも、バケツをひっくり返したような土砂降りの雨。
コンジが指差す『あの山』というのも雨で覆い隠されて影も形も見えない。

「……ん？」
俺は視線を感じて、子供達の群れの中を振り返る。
すると、蛇人族の少女と目があった。彼女は俺に対する敵意を隠そうともしない。
どうやら、前に竜人娘に咆哮を喰《く》らって気絶したことで苛立っているのだろう。
彼女は竜人娘が反抗をやめて訓練に参加するよりも前から、彼女《竜人娘》のことを嫌っていた。
そして、子供達の中では大抵中心にいる蛇人族の少女は、自分の立場が竜人娘に奪われるのかもしれないと危機感を抱いているのだろう。

後は……俺《おれ》も同じだが、蛇人族と竜人娘は共通する部分が多い分、周囲から比較されることも多い。

しかし、その中身の性能は雲泥の差があり、彼女と比べられると嫌でも自分が劣っていることを思い知らされる。

彼女の敵意は、そういった嫉妬心も含んでいるのだろう。

「……し……さい」

「……た……で……」

蛇人族の少女は、隣の少年へと何か耳打ちをしている。

嫌な予感がして耳を澄ませるが、雨の音が邪魔して彼らの言葉の端々しか聞き取れず、何を話しているのかは分からなかった。

しかし、何となく彼女たちが考えそうなことは分かる。それとなく彼らから距離を取った。

「始め」

コンジが声低く訓練の開始を合図すると同時に、棍棒を振り下ろした。

ズン、と鈍い震動が足下を駆け抜けた。

俺達は、コンジの声に責め立てられるようにして走り出した。

◆◆◆◆

「はっ、はっ……はぁっ……」

『遁走訓練』が始まって、一時間近くが経《た》った。

『走破訓練』で実感してはいるが、走る速度に関しては短距離でも長距離でも、肉食系の獣人種が他の種族よりも速い。虎や豹《ひょう》の獣人は既に影も形も見えない。

竜人娘は唯一の例外で、スタートの時点から先頭集団さえも引き離して雨の向こうに消えていった。彼女は外れ値だと考えておいた方が精神衛生上良いだろう。

蛇人族は獣人種の中でも柔軟性に割り振った種族なようで、俺は子供達の中でも平均的なペースを保っている。

俺が走っている周りでは、数人の子供が並んで走っている。

森の中には所々に罠が仕掛けられているが、それらは前の子供が避けるのを真似《まね》すれば、一々感知の手間も要らない。先頭集団か孤立した後方の集団でない限りは罠は障害とならない。

しかし、疲労によって判断力を奪われているのか、時々見えている罠に引っかかって盛大に転《こ》ける子供も居た。

「はぁ……ふぅ……っ……はぁ……？」

肩越しに後ろを振り返ると、四、五人で固まった集団が後ろから距離を詰めてくるのが見えた。

俺は彼らに道を譲ろうと横に逸《そ》れると、彼らの一人が突然肩からぶつかってきた。

「ゥグ!?」

バランスを崩して、泥の中に頭から突っ込んだ。

「ぷはッ」

肩をぶつけて来た子供が俺を笑う声が聞こえた。

泥から頭を持ち上げると、やはり見覚えのある子供がこちらを見下ろしていた。

その中心に居る、鹿かトナカイか分からない獣人種の少年は、先ほど蛇人族の少女と何かを話し合っていた少年だった。

「……心当たりが無いんだけど、君たちに何かしたか？」

俺の問いかけに対して、彼らは顔を見合わせてまた笑う。

「さぁ？　ヒエダにネチネチをジャマするように言われただけだし」

悪びれる様子も無く言った。

ヒエダ、というのは蛇人族の少女のことだ、食堂でそう呼ばれているのを聞いたことがある。

彼女の性格からして、竜人娘への仕返しだろう。大方、直接仕返しする力が無いから、代わりに子分を蹴落として悦に入ろうとしているに違いない。

死んでもおかしくない訓練の中でも嫌がらせに勤《いそ》しむ根性は、俺の理解の外にあった。余程暇なのか。

「……」

「もう一回ころがしとく？」

「そうだなあ。死なないくらいにケガさせたらヒエダもよろこぶんじゃない？」

「だな！」

舌足らずな口調で、俺に与える暴力の程度を相談する子供達。

『断罪』を見ていた時にも感じたが、子供の方が純粋な分、残虐に染まりやすく、暴力へのハードルが低いように思える。

俺は彼らの立ち位置と、周囲の地形に目を走らせると、気を全身に纏《まと》った。

そして、真正面を塞ぐ少年に向かい、強く地面を蹴った。

「おい、コイツ……ぁがッ」

彼が何か言う前にその顔に足の裏がめり込んだ。そのまま力を入れて彼の顔を勢いよく蹴り飛ばす。

妨害している子供達の包囲に空いた穴を抜けて、彼らから逃げる。

残りの人数は四人か。

彼らは全員が獣人種であり、俺より走るのには優れた種族だ。

このまま逃げても、直《す》ぐに追い付かれる。

なので、斜め前に見えた木の幹を使って三角跳びし、体の向きを反転させる。

「ちっ、待てよ……っ」

すぐ後ろに張り付いて来ていた鹿人族の少年が驚いたように目を見開くが、三角跳びの勢いで彼の少し上を取っていた俺は、そのまま膝を彼の顎に衝突させる。

「……ぐっ！」

「にがさねえよ」

再び逃げようとしていた俺の服の裾が掴まれた。

顎の辺りから血を流しながらも、彼は笑っていた。

俺は彼の側頭部に向けて裏拳を当てる。

「はは」

彼はふらつきながらも、その手を離さなかった。

今度は腕を捻《ひね》り上げようとしたが、後の三人が追いついてしまう。

俺は裾を摑《つか》んでいる鹿人族の少年を盾にして、立ち位置を変えながら囲まれないように立ち回ると、彼を勢いよく蹴飛ばして距離を取る。

転びそうになった鹿人族の少年の体を仲間たちが受け止める。

そうして、土砂降りの中で微塵《みじん》も楽しくない追いかけっこが始まった。

◆◆◆◆

妨害に遭いながら走り続けること、さらに一時間。

「はっ、はぁっ……はぁっ」

背後を振り返ると、追いかけていた子供達は四人から五人に増えていた。

追加された一人は蛇人族の少女、ヒエダだった。

どうやら彼女は俺よりも後ろを走っていたようだ。

彼らに邪魔をされ続けたせいで、俺は走っている子供達の中でほぼ最後尾まで叩《たた》き落とされた。

その上で、邪魔をしている側の彼らよりも疲労は深かった。

俺が苦しんでいる様子を彼ら、特にヒエダは嬉《うれ》しそうに見ている。

粘着質な彼女の笑顔よりも前方に意識を向けていたいが、前を向いていると、今度は背後から石や足が飛んでくる。

結果、中途半端に背後に意識を向けながら走るしかなかった。

何十回目かに彼女たちを振り向いた時、追いかけている彼らの表情からヘラヘラとした笑いが消えているのに気付いた。

それを疑問に思いながら走っていると、耳に激しく水の流れる音が聞こえた。

嫌な予感がして前を向くと、森の開けた先には濁流があった。

本来は穏やかな渓流なのだろう。しかし、土砂降りの雨によって現在は呑《の》み込まれたら二度と上がってこられないような黄土色の激しい激流となっていた。

「なに……これ」

ヒエダが茫然《ぼうぜん》と呟《つぶや》いたが、彼女たちにとっては初めて見る光景だったのだろう。もしかすると、土砂降りの雨をどこでもシャワーが浴びられる便利な天候と勘違いしていたのかもしれない。

俺は濁流の中を見下ろし、足場にできる岩が残っていないか探す。

「どうする?」

「早くむこうにいかないと、まずいだろ」

彼らも妨害している場合ではないと気付いたのか、俺への攻撃が止《や》んだ。

上流に移動してから、回り込んで進もうかと思案していると、何かを忘れていたことに気付いた。

「六人か、多いな」

この場に居た子供たちのものとは違う、大人の低い声が響く。

「ぁがっ」

そして、俺の体に車に轢《ひ》かれた時のような衝撃が与えられ、大きく跳ね上がる。回転する視界の中で、先ほど俺が居た場所の直ぐ後ろに金髪の師範、コンジの姿があった。

俺以外の子供も同様にコンジの持つ棍棒《こんぼう》によって空へと殴り飛ばされていた。

俺達《たち》はそのまま、濁流の中へと叩き落とされた。


水の中は思っていたよりもずっと寒くて、静かで暗かった。

俺が何よりも嫌う、死の瞬間を想起した。

俺は口から空気を溢《こぼ》しながら、水面へと向かおうとする。

「……ごぼっ、ぁ……はぶ」

一瞬水面に顔が出たが、直ぐに水の流れによって頭の上まで水に浸《つ》かる。

どうにかして壁面を摑まないと、息すら出来ない。

「……ぷは、あ……」

突然強い流れに巻き込まれて、上下が分からない位に体を振り回された。

「……ッ」

その途中で何度も、岩に体がぶつかる。まるで巨人のおもちゃにでもされたような気分だ。

「……ング」

一瞬、指先が水上の岩に触れたが、水気によって滑ってしまい、指が離れた。

もう一度だ。息も既に限界だ、今度は失敗できない。

俺はシスターから習ったように、気を手のひらに集中させる。

練習ではあれほど拙かったにもかかわらず、今はその時よりも幾分か綺麗《きれい》に気を纏うことができた。

視界の無い水流の中で、ひたすらその時を待った。


——今。


「ぁ、がぁあああああ!!」

引っ掛けた指先で全体重を持ち上げる。水が服に絡み付いて酷《ひど》く重い。

摑んでいる岩が崩れるかも、と想像する余裕さえ無かった。

ただただ、呼吸をしたい一心で、次は左手で別の岩を摑んだ。

一つ一つ、気を指先に集中させたまま着実に進んでいく。

「っ!?」

摑んだ岩が剝がれて、片手でぶら下がる。

全身が水上には出たが、それでも直ぐ下には黄土色の激流がある。落ち着いて登らなければ。

「ふぅ……っ！」

小さく息を吐いて、体勢を整えようとした時、水面から飛び出した子供の手が俺の足首を摑んだ。

その手の主は鹿人族の少年だった。

彼は必死の形相で俺の足を摑んでいた。命の危険に襲われているせいで余計に力が発揮されているのか、彼の握力によって骨が軋《きし》む。

「……っ、離せ!!」

思わず、なりふり構わない言葉が出た。

「うごくな！　おれがのぼれないだろ！」

足を振り回して落とそうとするが、少年が足首を握る力が増して、びくともしない。このままでは彼と共に俺も落ちることとなる。

どうして、俺が死ななければならない。

俺はただ生きたいだけなのに、彼はそれすら奪おうとしている。


「……生き残るのは、俺だけで良い」

二人で協力すれば、一緒に上がれたかもしれない。

しかし、それによって俺の生存確率が少しでも下がるのは許容し難い。

剝離した岩の破片を尻尾に握らせる。丁度よく岩の破片は棘《とげ》のように細長くなっていた。

「そう、だ。そのままうごくな……よ」

満足そうに言った鹿人族の少年が、首を上げて俺の尻尾に気付いた。

「ぁ」

少年の吐息が漏れた時には、その眼窩《がんか》に岩の破片が深く深く突き刺さっていた。

足首を握る手から急速に力が抜けていく。

瞳の奥から光が消えたと同時に、やっと彼の手が離れてくれた。

彼は助けを求めるように手を伸ばしたまま、濁流に呑み込まれて、消えた。

濁流の轟音《ごうおん》で聴覚が埋め尽くされていたにもかかわらず、彼が水に落ちる音だけは鮮明に耳に響いた。

「……」

邪魔が居なくなり、崖の出っ張りに足を乗せようとしたところで、足首に激痛が走る。

「痛《つ》ッ」

反射的に体が強張《こわば》ってしまい、さらに痛みが増した。

力を入れることすらままならない。

この傷を残した鹿人族の少年に対する恨み言を呑み込んだ。

仕方なく腕と片足だけで崖を登る。時折、尻尾を使ってバランスを取れば、苦労しながらも着実に進むことができた。

「……ッ、また」

足元で嫌な音がして、足場の感触が消える。

体が落ちるのを指先の力で耐えようとするが、雨のせいで岩が脆《もろ》くなっていたようで、崩れそうになる。

「あぶないっ!!」

その声と共に、崖の上から伸びた手が俺の手首を摑んだ。

抵抗する暇もなく体を持ち上げられて、崖の上に倒れ込むように滑り込んだ。雨で泥となった地面に顔を擦《こす》り付ける。

すぐに顔を上げると、俺を引っ張り上げた少年を視界に入れる。

その容貌には見覚えがあった。

操気訓練や、仙器化において子供達の中で飛び抜けた成績を打ち出しているエルフの少年。

彼は人の視線が怖いのか薄い水色の髪でカーテンのように瞳をいつも半分隠しており、その向こうから痛ましげな表情で俺を見ている。

もしかして、彼は俺を助けようとしたのか。

「だ、大丈夫？　そ、その足……」

彼はつっかえながらも、俺を気遣う言葉をかけた。

この少年は歪《ゆが》んでいる、そう確信した。

この環境で、この世界で人を気遣える心を持っている、ということがあまりにも異常なのだ。

大人達は競争心を煽《あお》り、子供達は環境に適応して心の底に猜疑心《さいぎしん》を植え付けられた。

前世で言うならば、道徳教育を受けておいて、躊躇《ためら》いなく殺人に手を染めるような異端だ。

「大丈夫だ。構わないでくれ……っ」

なんとかして、思考の読めない彼を引き離したかったが足首に痛みが走った。

「や、やっぱり心配だ、だよ」

「いいから」

「……わ、わかったよ」

彼は俺から離れて、薄《うっす》らと見えた山の頂上へ向かって歩き出し、林の中へ消えていく。

「ふぅ」

俺は小さく息を吐いて、立ち上がる。

片足を引きずって、エルフの少年が行った道を辿《たど》って進む。

「……」

森の中を動いている気配が増えているのが分かった。

山の頂上に近づけば近づくほど、獣の密度が増えている。

雨のお陰で、足を引き摺《ず》っている音に気付かれることもないのは良かった。

ぐぅ、と腹が鳴った。

まだ夕食の時間には早いが、雨によって体力を奪われながら走り続けていたせいで、エネルギーの消費が多かったようだ。

小腹を満たすために、何か食べられるものを探していると、俺の先にある地面に赤い木の実が落ちて、転がってくる。

「……」

俺は木の実を拾い上げて、坂の上を見上げた。

そして、同じ果実を実らせている木を見つける。

「……何をしているんだ」

「え、え、えっと……な、何もしてないよ」

エルフの少年が、俺に向かって木の実を落としていた。彼は後ろめたい表情を浮かべると、逃げるように茂みの中に隠れた。

「……」

俺は木の実を見下ろす。リンゴと似た形だが、大きさは一回り小さい。俺は半分に割って、その断面を舐《な》めた。

痺《しび》れや苦味は無い。それにこの味は里で出される食事の中で食べたことがある。毒がないことを確認した俺は、果実を口に放り込んだ。

「……」

「……」

軽食を終えた俺は歩みを進めるが、すぐ近くに子供の息遣いを感じる。

それがエルフの少年であることは、ずっと分かっていた。

彼は意外と頑《かたく》なだった。付かず離れずの距離を保ったまま、俺の直《す》ぐ前を歩いていた。

最初は姿を隠すくらいはしていたのに、俺が何も言わなくなったと気付いてからは、堂々とその背中を晒《さら》している。

林に苺《いちご》のような実が生《な》っているのを見つけたエルフの少年が、さりげなくそれを摘み取って、俺に視線を向けてくる。

「いらない……もう腹は減ってない」

「そ、そう、ごめんね」

小さく謝った彼は、苺を口に放り込んだ。

「……」

「……」

彼が口を閉じると、俺達《たち》の間に会話は無くなる。もはや、彼から離れることは無理だと観念はしたが、余計な体力を消費したくない俺は自分から話しかけるつもりはなかった。

「ぼ、僕、君のこと知ってるよ」

「……」

「は、初めのころ……こ、コインを貰《もら》ってたよね？」

「……そうだね」

まだ『戦闘訓練』が『体力訓練』だった時は、型を綺麗に真似《まね》れば優等のコインが貰えた。彼が言っているのはその時のことだろう。

逆に俺は最初の訓練の時から、エルフの少年のことを覚えていた。目の前で圧倒的な差を見せつけられたことは、特に鮮明に覚えている。

「そ、それで、君の……」

「……静かに」

雨に紛れて、少し遠くに温度の塊を第三の目《ピット器官》で捉える。形からして、大きめの〈狼《おおかみ》〉だろう。

俺は、呼吸を止め、地面に伏せて、〈狼〉の視線から逃れるように身を隠す。

エルフの少年も獣が現れたことに気付いて、俺に倣って地面に伏せた。

心臓さえ止めるつもりで、自身から溢《あふ》れる痕跡を意識して隠し続けていると、〈狼〉の気配が消えた。

「……はぁ」

「もう、い、行ったかな？」

エルフの少年が、キョロキョロと森の中に視線を巡らせながら立ち上がる。俺は彼を追い越した。

「……ギャンッッ」

〈狼〉の消えた方向から、〈狼〉の悲鳴のような声、そしてなり振り構わず逃げるような隠す気の無い足音が遠くへと走っていく。

二人の間に緊張が走り、俺は伏せた時に拾った石を手のひらに握り込んで待ち伏せる。

何が近づいてきているのか、その答えは直ぐに示された。

茂みを掻《か》き分けて現れたのは、黄色と黒の警戒色の尻尾を躍らせる虎人族の少年だった。

「……なんだ、お前らかよ」

虎人族の少年、トラは何かを探すように耳を立てて、俺達の方を見ると落胆したように呟《つぶや》いた。

続けて茂みから出てきたのは、トラの小間使いが馴染《なじ》んできつつある土精族《ノーム》の少年、チビだった。

「トラ、もうまんぞくしたよな。そろそろ行かないと師範に追い付かれるぞ」

「だまれよ、そんなこと、いちいち言われなくても分かってる」

そう言いながら、こちらを睨《にら》んでくるトラを警戒する。

彼が俺に対して好意的でない感情を持っているのは知っている。もし、今襲われたとしたら、俺は逃げることさえできない。

「あー、ネチネチもいたのか」

チビは一瞬嫌悪感を見せたが、直ぐに引っ込めた。

一方のトラはニヤニヤと笑いながらこちらへ向かって歩いてくる。子供達の中でも抜きん出て大きな体軀《たいく》を持っている彼が近づいてくると、その身長がより大きく見える。

手の届く距離まで彼が近づくと、俺の体は硬直してしまう。

「ハッ、ビクビクすんなよ」

警戒を向ける俺を、トラは笑い飛ばした。その口調には嘲りが多分に含まれている。

「お前、竜人娘《アイツ》がいなくなったからって、今度はモンクに守ってもらうつもりかよ？」

『モンク』というのはエルフの少年のことだろうか。

「……」

「何も言い返せねえのかよ、ネチネチ」

口元は大きく弧を描きながらも、目元は笑っていない彼に対して、俺は変わらず警戒だけを向ける。

「……つまんねえ、行くぞ、チビ」

「お、おう」

トラは落胆したように吐き捨てると、チビを伴って俺達の先へと姿を消した。

「……と、トラくん、いつもはあんな、い、イジワルじゃないのに」

エルフの少年、モンクが呑気《のんき》に呟いた。

それは、俺に対しては特別意地悪ということだろう。全く嬉《うれ》しくない特別だった。できることならば彼に譲りたいくらいだった。

俺達が山の頂上に辿り着いた頃、あれだけ激しく降っていた雨はもう止《や》んでいた。

雲の向こう側からは朝日が見えていた。どうやら、気付かぬ間に日を跨《また》いでいたらしい。

ほぼ片足で登山をしていたせいか、これまでの訓練の比にならないくらいに重い疲労に襲われている。

頂上には、俺を妨害していた蛇人族の少女、ヒエダも含めてほとんどの子供が既に辿り着いていた。

そこには竜人娘も居たが、俺に対して視線すら向けてくることはない。

「……ハァ」

やっとエルフの少年から解放された俺は、転がる岩の一つに腰を下ろして深く息を吐いた。

それから、何もなく一時間程が過ぎる。

その間にも数人の子供が山頂に現れ、俺よりも遅い子供達がいたのだと意外に思った。

怪我《けが》などは見えないので、彼らは森の中に仕掛けられている罠《わな》に時間を取られたのだろう。

師範を待っていると、山頂にいる子供の一部が何かに気付いたように山の反対側に視線をやる。そちら側は崖になっていたはずだ。

そう疑問に思うが、トン、と小さな足音が聞こえて、釣られるように同じ方向を俺も見る。

「っ！」

すると、その瞬間、崖の向こうから迫ってきた大きな影が俺達の上を飛び越して行った。

その影はクルリと空中で体を捻《ひね》ると、音もなく着地する。

「これで全員か」

棍棒《こんぼう》を片手に大道芸じみた身のこなしを披露したコンジは、それを誇ることもなく、俺達を見回した。

「三人か、思ったよりは少ない」

それは今回の訓練で脱落した人数だろう。

一度の訓練で脱落した人数としては今までで一番多い。それだけ危険だったということだろう。

代わりに、俺達は〈獣〉が彷徨《うろつ》き、罠の張り巡らされた森の中を、命の保証も無く歩き続けたお陰で、気配の隠し方や、隠された罠の看破が格段に上達した。

悔しいことに、今回の訓練が無駄だったとは反論できなかった。

コンジは人員の確認を終えると、その手に持っていた棍棒を捨てた。

「では、今回の訓練はここで終わりだ。帰った者から食事を摂《と》れ」

そう言って、コンジは崖から落ちて、姿を消した。

子供達は、何度か顔を見合わせた後、各々山を降り始めた。

一方の俺は、登ったならば降りなければならない、という当たり前のことに気づいて途方に暮れた。

◆◆◆◆

「……やっと、着いた」

とっくに日が落ちて月が昇り始めた頃に、やっと俺は里へと辿《たど》り着いた。

天気は絶好調だったが、反対に俺の足が絶不調だったせいで、帰りの方が疲労は大きい。

気を足に纏《まと》うことで誤魔化しながら、なんとか無事に歩ききることが出来た。

俺は空腹を訴える肉体に逆らって、医務室へと向かう。

医務室へ行くのは、自省部屋で餓死寸前まで追い込まれて以来だった。

「おやぁ、どうしたのかなぁ」

「足を怪我してしまいました」

医務室に居たのは中年の人族男性だった。

前回医務室で世話になった時は女性だったので、おそらく複数の大人で医務室を回しているのだろう。その格好は師範達と変わらない、黒いローブだった。

「見せてくれるかなぁ」

「……はい」

男の粘着質な口調を気にしないようにしながら、俺は足首を露出させる。くるぶしが大きく腫れている。

無理やりに歩いたせいか、足首の状態は途中で確認した時よりも悪化していた。腫れも大きくなって、内出血もしているのか紫色に染まっていた。

「あぁ、ハイハイ」

男は何かを理解したように頷《うなず》くと、摘《つま》むような形で人差し指と親指を俺のくるぶしへ向けた。その間には針が挟まれている。

男が摘んだ針に気を込めたと思ったら、抵抗する間も無くくるぶしに針が刺さっていた。

不思議と痛みは無い。前世の鍼《はり》治療のようなものだろうか。

「ハイハイハイハイ」

男が続けざまに何本も針を刺していく。

俺はサボテンのようになっていく足首を茫然《ぼうぜん》と見下ろすだけだった。

「うぅん、このくらいかねぇ」

男は満足げに呟く。そうして俺の足裏を持って、グリグリと動かす。

「……っ」

すると、電気を流されたような痛みが走り、思わず呻《うめ》き声《ごえ》を漏らした。

男は痛みを我慢している俺をニヤニヤと観察してから、足首に刺さった針を全て抜いた。

「これで、痛みは無くなっただろぉ?」

「……無くなって、ます」

厳密には全て無くなった訳ではないが、消えかけの筋肉痛のような気にならない痛みだった。心なしか、患部の腫れも引いているように感じる。

「大抵の怪我は、直せるから安心するといいよぉ。ただし、無くなったものは戻せないから、そこだけ気をつけておくんだねぇ」

無くなったものは戻せない、つまり、欠損は取り戻せない、ということか。俺は里の案内をしていた、片腕の少年を思い出した。切断されたものをくっつけるまでは出来るのだろうか。

俺は腫れが引いた足首をぎこちなく動かしながら、蛇人族の少女、ヒエダを思い浮かべる。今回は彼女の横槍《よこやり》のせいで、明確な命の危機があった。

きっと彼女による妨害は今後も行われるだろう。その時、生き残れる自信は無い。

ならば、ヒエダは取り除かねばならない。

俺は、そう結論づけた。

◆◆◆◆

その次の日、遂《つい》に早朝の『断罪』が行われる事が無くなった。

竜人娘は変わらず、他の子供達《たち》と馴《な》れ合おうとはしない。

対する子供達も、廊下で彼女に遭遇した時には、壁と一つになってやり過ごそうとするようになった。もはや彼女を笑える者は居なくなった。

戦いの能力が尊ばれるこの環境において、彼女の存在はこれまでとは逆にその他の子供達の羨望を集めるようになった。

彼女と敵対していたものは極端に避けるようになったが、元々敵対までしていなかった者が、遠巻きながらも興味の視線を向けてくる姿をちらほら見かけた。

彼女が放つ濃密な気で満たされた空間の中で、俺はモゴモゴと口を動かして、あるものを咀嚼《そしゃく》していた。

俺が口に入れているのは森で拾った適当な草だった。

以前、俺はシスターに薬を盛られた。

それによって彼女は俺から強制的に情報を引き出した。

偶々《たまたま》、その時は俺にとって致命的な問題にはならなかったが、運が悪ければ殺されていたかもしれない。

俺は同じ事があった時のために、対策を練る事にした。

森に入った時にいくつかの植物を採取して、少しずつ口にする。その時の体の変化を覚えておき、シスターの薬の効用に近い植物を重点的に摂取して体を慣らしていた。

現在は鎮静効果のある植物の葉を食《は》んでいる。

果たして効果があるのか確信は出来ないが、可能性があるなら足掻《あが》かずにはいられない。

今から俺がしようと思っている事も、その一つだ。

俺は未《いま》だに口の中で固さを主張している毒の葉を飲み込むと、布団からのそりと起き上がり、扉に手をかけた。

◆◆◆◆

祈禱《きとう》室はあまり好きではない。

子供達の居室として割り当てられた区画と質の差を痛いほど実感するし、何より箱が目に入るのが気に入らない。

あれが視界に入る度に怖気《おぞけ》が止まらなくなるのだ。

普段であれば頼まれても寄り付かないのだが、今の俺はその必要に迫られていた。

祈禱室の中には、俺と同じくらいの年頃から十四、五程度までの子供達が多くを占めていた。

ここから推測するに、子供たちがここにいられるのはその年頃まで、という事か。

この里には多種多様の種族がいるが、その割合には偏りがある。

師範や子供達でも上の年代では人族の割合が多い。これは祈禱室に来る人の種族を観察した結果だ。

同期の子供たちの姿を目に収めながら、怪しまれない程度に祈禱室の中を回る。

祈禱室の中には少ないが大人の姿もあった。

運が良い事に、目的の人物の姿も見つける事ができた。

俺はその近くに座ると、形だけで祈りの姿勢を取る。

足の下を通る、奇妙な気の流れをぼんやりと認識して時間を過ごした。

俺の横にいた大人の一人が両手を解いた。

「何の用だ」

『戦闘訓練』の師範であるコンジが低い声で問いを発する。

「竜人の子を連れて来たのは、貴方《あなた》なんですよね？」

「お前……」

祈りの姿勢を保ったままの俺へと、コンジは視線を向けた。

これは一種の賭けだ。

竜人娘に対して彼は『断罪』を執り行った。

普通に考えればそれは単に彼女の反抗を止めさせるためだと思う。

しかし、この環境は普通ではない。

彼には子供が死んでも構わないというような振る舞いが多かった。

にもかかわらず、竜人娘が殺される事は無かった。

竜人娘の力が抜きん出ているために、大人達は彼女を残したいのだと思っていた。

しかし大人の一人であるシスターは、竜人娘を排除したがっている。

この環境において、大人が持つ力は強大だ。彼女が本気ならば、竜人娘を殺すことも出来ただろう。

だから逆に、竜人娘をどうしてもここに置いておきたい大人がいるのだと思った。それが目の前の師範であるというのは、俺の勘に過ぎない。

ただ関心の強さと相手にかける労力が比例するなら、彼女に対する関心が最も大きいのはコンジしかいないと思っていた。

この里には彼女と同じ竜人の特徴を持つものは一人も居ない。俺はそれを、竜人が特別な種族であるからだと考えていた。

コンジが生まれたばかりの彼女を連れ去ったのか、実は彼の子供だったりするのかは知らないが、冷徹に見える彼の執着からは、何らかの繫《つな》がりが察せられた。

「あれが獣から人になったのは、お前の仕業か」

「少し喧嘩《けんか》をしただけです」

彼が言っているのは竜人娘が訓練に参加するようになったきっかけのことだろう。

実際、あの時は彼女を変えようという意識は無く、ほとんど俺の苛立《いらだ》ちをぶつけただけだった。

「……助けが欲しいんです」

本題を切り出す。

「私情は挟まない」

「それは良かったです。本当にそうなら、助けは要らないですね」

半分は皮肉だが、これで言いたい事は伝わるだろう。

私情を挟んだ大人によって、俺たちの命が脅かされている、と。

教育の過程で壊れるなら、そこまで。

しかし、教育と関係無いところで壊れるのは、本意ではないのだろう。少なくともここは教育のための施設だろうから。

「お前は、何だ」

「それは俺よりも貴方の方が知っている筈《はず》ですよ」

彼は俺を見下ろす瞳の奥に警戒を滲《にじ》ませる。

「見透かしているつもりか？　花精族の特性で読み取れるのは、あくまで表層までだ」

花精族？　もしかして俺は、純粋な蛇人族ではないのか。

コンジは俺が疑問を持った事に気づいたが、それ以上言及する事は無かった。

そして、俺と彼の間でしばらく沈黙の時間が流れた。

祈禱室内の人間は一人、また一人と部屋を去っていく。

やがて就寝の時間が近づいた時、コンジは口を開いた。

「……俺は職務を果たす。それ以上でもそれ以下でもない」

俺は望んでいた言葉を得る。

「俺ならもっと彼女の力を引き出せる」

ダメ押しに、自分の力を彼に売り込もうとする。

「お前如《ごと》きにか」

気付けば、コンジが俺の肩に手を置いている。

側《はた》から見ればそれだけに見えるが、乗せた手にはナイフが握られていた。

「浅い底だ。師を測りとった気になるには、まだ早い」

「……」

彼は手品のような動きでナイフを袖の内に隠した。

踏み込むのはまだ早すぎたか。結果も出さないうちから、相手を否定するのは不味《まず》かったようだ。

しかし、彼が怒っているようには見えない。彼にとっては単なる指摘のつもりか。

「もう就寝時間だ。……俺は五日に一度、ここに来るようにしている」

それだけを言って、コンジは俺の背後を横切って通路へと出た。

「……浅い、か」

確かにコンジの言うとおり、俺は彼を測り切れていない。

だが、彼も俺の全てを知りはしない。

――三章『敵か味方か』

彼の言った『花精族』という単語から、俺は頭から葉の生えた少女を思い浮かべた。

彼女は蛇人族の少女のグループにいた筈だ。

もちろん竜人娘の復讐宣告《カウント》の対象となっている。

彼女の種族を知らなかったので植物との混ざり物かと思っていたが、エルフなどと同じく妖精系の種族のようだ。

ただ、これまで注目していなかったこともあって、彼女に対しては目立たない子という印象しかない。とにかくいつも誰かの後ろに隠れていた。

「明日から長期に亘《わた》って行う『生存訓練』のため、今日は本物のナイフを支給する。明日までの間に紛失しても追加の支給は無い」

ある日の朝に告げられた新たな訓練、『生存訓練』。字面から察するにサバイバル訓練ということじゃないだろうか。

これまで頻繁に森に出ていたのは、その環境に子供達を慣らすためか。

さらに〈獣〉に対する警戒も子供たちは身につけている。

問題は、その緊張状態がどれほど保つのか。

彼の言葉の後半にも気になる内容はあった。

紛失しても追加の支給をしないなら、何故《なぜ》今渡すのか。

おそらく、彼は暗にナイフに対して仙器化を施しても良いと言っているのだ。同時に仙器化に失敗したらナイフなしの状態で挑むリスクを背負わなければならない。


俺たちは全員が同じサイズのナイフを手渡される。

これまで木刀を使っていたので重さに戸惑うだろうと思っていたが、握ったナイフは驚くほどにしっくり来る。

重さに関しては殆《ほとん》ど違いは感じない。

ナイフが軽いのではなく、木刀の方が重くされていたのだろう。

試しに素振りをしてみるが、ナイフの刃で自傷するのを恐れて動きがぎこちない。前日にナイフを受け取っていて良かった。予《あらかじ》め知っていなければ本番でナイフを取り落とすことすらあっただろう。

その日の訓練の間、俺は金属のナイフを手に馴染《なじ》ませるように何度も振るった。

訓練が終わると、子供たちは鞘《さや》に納めたナイフを見せ合い、興奮を高めていた。

そんな中で、俺が注目しているエルフの少年、モンクが、ナイフに仙器化を施していた。

あれから何度かシスターによる『特殊訓練』で仙器化の訓練が行われはしたが、初めて見る物への仙器化は慣れたものよりも難しい事は変わらない。

彼にとっては出来そうだからやった、以外の理由は無いだろうが、俺は彼の強心臓に感心した。

俺以外の子供たちも同じ感想のようで、彼の近くの子供たちは会話の声が自然と小さくなる。

「……できた」

彼はそこで初めて周りの子供たちに注目されていた事に気づき、ビクついて肩を竦《すく》める。

「な、どうしたの？　みんな」

「凄《すご》いね、流石《さすが》モンク」

一人の少女が彼を持ち上げた。

彼の渾名《あだな》の由来を探ったところ、『操気訓練』で優等を取り続ける彼のことを揶揄《やゆ》したのが始まりのようだった。

しかし、彼本人はそれを知らないらしく、褒められて満更でもない様子だ。

「わたしぃ、明日の訓練が怖くてぇ。モンクに仙器化して欲しいなあ」

「え、えー。ぼ、僕で良いの？」

「そーだよ」

瞳をギラつかせながら、甘えた声でモンクへと寄りかかる少女。

「いいなー。わたしもして欲しい」

「わたしも」「わたしが……」

「……実はおれも」

それに便乗して自身の操気能力に自信のない者が、次々にモンクへと支給されたナイフを渡してくる。

「し、失敗するかもしれないよ」

「ダイジョーブだって」「そうそう」「信じてるから」

口々にそう告げる彼らだったが、最もリスクの高い自分のナイフで仙器化を行ったことから、モンクは仙器化にかなり自信がある事は分かっていた。

それに『特殊訓練』での彼は、初めに失敗する事はあっても一度成功させた器ではそれ以降一度の失敗も起こしていない。

そんな彼の姿を知っていた子供たちは完全に安心して彼に託していた。

その事実を知らない子供たちも、気弱な彼からならば、もし失敗したときにお詫《わ》びとして仙器化されたナイフを巻き上げられるだろう、という打算があるのだろう。

子供達《たち》が付与して欲しい効果についてあれこれと彼に注文を付けているのを見ながら俺は少し迷う。

彼に頼むか、自分で仙器化するか。

俺が付与する効果は、単純な切れ味強化にする予定だ。

ナイフへの仙器化は、後々ナイフの返却を要求される可能性も考えて、癖の無いものにする。

俺も初めて見る器で成功させる程の自信は無いが、わざわざ彼に頼むのは借りを作ることになりうると考えた。

万一、彼が意図的に失敗しナイフを紛失したとしても、俺はそれを問い詰める事はできない。

突き詰めれば彼の人柄と俺の仙器化の技術、どちらを信頼するかという問題だ。

そう考えると答えは一択だ。

俺は俺の腕を信じる事に決めた。他人は信用できない。

この場所では集中出来ないと考えた俺は、ナイフを鞘に納めてその場を去った。

◇◇◇◇

その日の夜、蛇人族の少女の姿が祈禱《きとう》室にあった。彼女の近くには誰も居ない。

少女は祭壇に向けて一心不乱に祈りながら、ぶつぶつと何事かを呟《つぶや》いている。

「……ね、……アイツ……あく……」

彼女は『戦闘訓練』の度に竜人の少女からの報復によって、毎日気絶するか血反吐《ちへど》を吐くまで痛めつけられていた。

それもこれも彼女の自業自得だが、彼女がそれを自覚する事はない。

『断罪』が始まってしばらくして、竜人娘に攻撃を受けていないにもかかわらず、彼女は喜んで手を挙げた。

竜人娘に対する嫉妬が、彼女を『断罪』へと駆り立てたのだ。

「しねしねしねクソトカゲ死ね。早く死ねすぐしねなにがなんでもしね」

鬼気迫る様子で呪いを吐き続ける。

それでも、自分が他人に聞かれると不味い言葉を発しているのは自覚しているのか、人が横を通る時には呪詛《じゅそ》の声は小さくなる。

かといって、本人に直接言うだけの度胸は彼女には無かった。彼女は陰湿で迂遠《うえん》なやり方を好む、蛇人族らしい性格の持ち主だった。

人が減ってきて、彼女も呪詛を吐く日課を終えようとした時、隣に人が座った。

それを見て、椅子から立ち上がろうとした彼女を、隣の人物が手で制する。

「……？」

疑問に目を見開いた彼女の前で、その人物は懐から一つの木筒を取り出して見せた。

◇◇◇◇

自身のナイフの仙器化を終えた俺は、ムシャムシャと毒草を食《は》みながら、竜人娘が仙器化する様子を眺めていた。

モシャモシャ……。

「……」

毒となる植物同士でも、二つ合わせれば効果を相殺する物が存在する。

前世で言うならフグとトリカブトの毒の関係が近い。この二つにはそれぞれ真逆の効能があり、二つ同時に摂取すると相殺して単体の時よりも致死までの時間が延びるという話があった。

それはこの世界においても同じようで、気の出力を上げる毒と下げる毒、どちらも同時に飲めば気の出力が変化しない、という事が起きる。

モシャモシャモシャ……。

「……っ」

なぜそんなことを知っているかというと、一度摂取する植物の量を間違えたことがあった。

その時はひたすら嘔吐《おうと》を繰り返して、死にかけていたのだが、それと相反する効能の花を齧《かじ》ったことで症状が治まった。

もちろん、そのように効能が綺麗《きれい》に相反していることの方が少ないので、それ以降は量には特に気をつけるようになった。

モシャモシャモシャ……。

「……ちっ」

毒は薬にもなることを実感した出来事だった。

体には体温、水分量、それぞれの栄養素などのパラメータがある。

解熱剤であれば体温を下げ、水を飲めば水分量は増える。

例えばカフェインには利尿作用があり、体内の水分が多い時にはこれによって体内の毒を排出する薬となるが、水分が少ない時には脱水症状を引き起こし体への害、つまり毒となる。

そう考えると毒と薬というのは紙一重で、使う状況によって名前が変わるのだろう。

モシャモシャモシャモシャモシャ……。

「……それ、やめろ」

……モシャ。

「――フモっ!!」

竜人娘の手が俺の顎を鷲摑《わしづか》みにする。

「もういちど、それをかんでみろ。あごをもぐ」

顎を捥《も》ぐ。

それは、酷《ひど》く困る。

「わかったか?」

俺はコクコクと小刻みに頷《うなず》く。

「んぐ」

まだ十分に嚙《か》み切れていない葉を無理やり飲み込む。

喉の内側が針で刺されたように痛い。

しかしそれ以上に、正面の金色の眼光が鋭いので、痛みに耐えて飲み込んだ。

「……ふん」

俺の口の中が空になったのを確認してから、竜人娘は顎から手を離した。

そして彼女は定位置に戻ると、ナイフを手に取り作業を再開した。

おやつと実益を兼ねた究極の暇つぶしを奪われた俺は、途端にすることが無くなる。

既に就寝時間を過ぎている今は、シスターに見咎《みとが》められるので部屋から出る事はできない。

部屋の中でできる訓練というと瞑想《めいそう》くらいしか思い浮かばないが、仮にも仙器化という気を使用する作業の横で【充気《じゅうき》】や【放気《ほうき》】をするのは邪魔になる。


「……うん」


代わりに俺は尻尾を動かす事にした。

以前から思っていたが、俺は自身の尻尾を使い切れていない。

特に咄嗟《とっさ》の瞬間に尻尾の存在を忘れてしまうことがある。ある意味、これは前世の記憶がある弊害だろう。

これではただ荷物を背負っているだけだ。どうせなら三本目の腕となるレベルまで使いこなしたい。

俺は尻尾の先を睨《にら》みながら、地面に散らばる木片を摑《つか》もうとする。

左手で文字を書く時のようなもどかしさを感じながら、普通に手で拾い上げる時の十倍近い時間を掛けてやっとのことで尻尾で巻き取る。

尻尾を自分の所まで引き寄せて、木片を手のひらの上に落とす。

今度はその逆に、手のひらから木片を持ち上げて、少し遠くの地面に置き直す。童心に帰って積み木遊びをしているようだ。

そうして本当に木片を積み上げる練習を始めようかとした頃に、彼女の仙器化が完了した。

彼女にしては時間が掛かったと思ったが、どうやら今回は精度重視ということらしい。

彼女がどんな効果を付与したのか、視覚から変化を読み取ることは出来ない。

子供達の中には光らせたり燃やしたりといった効果を付与している者がいたが、流石《さすが》に実用的ではないし真似《まね》はしなかったようだ。

でも、実用性は兎《と》も角《かく》として火のナイフの見た目は非常に格好が良いのがタチが悪い。

謎の誘惑に屈しそうになり、意識して思考から追い出す。

明日からは『生存訓練』だ。恐らく一日で終わるような物ではない。俺は直《す》ぐに布団に潜り込んで瞼《まぶた》を閉じた。

そうして……俺が転生して最大の試練が幕を上げた。

◆◆◆◆

翌日の朝、俺たちの姿は森の中にあった。

起きたら全方位が森だった。

おそらく夜、俺たちが寝ている間に運んだのだろうが、全く分からなかった。自省部屋と同じようにガスか何かを流し込まれたのかもしれない。

俺の周囲でも次々と子供たちが眠りから覚めていく。

俺はナイフを探して自分の体をまさぐる。

すると、俺の眠っていた地面に鞘《さや》のついたナイフがあるのを見つけてそれを拾い上げる。念のため鞘から抜いて自分のものであることを確認してから、懐にそれを仕舞い込んだ。

見渡すと、周囲は深い森だが、俺たちのいる空間だけ不自然に木が切り倒されている。

「なあ……どうする……」

「まだ………から……」

「……でて………じゃん」

それぞれのグループの子供達もこれからの行動指針に迷っているようだった。

おそらく、もう『生存訓練』は始まっている。

いつまで訓練が続くのか、もしくは他の条件があるのかも、俺たちは分かっていない。

加えてこの森だ。俺たちはここがどのようなものか知っている。

暗く、そして〈獣〉が徘徊《はいかい》する危険な森だ。彼らの脳裏には施術台の上で解体される犬人族の少女の姿が焼きついている。

『遁走訓練《とんそう》』を経たとはいえ、起きた瞬間から森に放りこまれたことで、そのトラウマが強く刺激される者が出る。

「ぃや!!　わたしっ、こんな。やだぁ!!」

一人の少女が、一刻も早く宿舎に戻ろうと、どこかへ走り出す。

彼女は犬人族の少女と同じ部屋だったので、同室の少女が〈狼《おおかみ》〉に噛み殺される瞬間が特に深く記憶に刻み込まれていたのだろう。方向を確かめる冷静さも失われていた。

子供達《たち》の隙間を抜けて森に踏み込んだ瞬間、トラバサミが彼女の足を噛み潰した。

「あああああヤアアア!!」

そのまま前に倒れる彼女の首にワイヤーが触れる。

彼女が地面に手をつくと同時に、重たいものが体からずり落ちた。

「うっ」

ゴロリと転がったそれを見て、子供達は悲鳴を押し殺す。

彼女の死体から目を逸《そ》らして、周囲を良く見れば、木の切り倒された空間、広場から外に出た森の中には所々ワイヤーが見え隠れしている。

ご丁寧にもそれらは仙器化されており、設置した者の殺意の高さが窺《うかが》える。

子供たちは未《いま》だ動揺を抑えられない様子だ。

……このままでは数時間はここで座り込んだままになりそうだ。

俺は立ち上がり、子供達の視線を集める。

「師範は『生存訓練』と言っていた。なら、俺たちで食料を集め、生き残る必要がある筈《はず》だ。そのために森に出なければいけない。手の器用な者は周囲にある罠《わな》を解除してくれ」

この森の中にどの程度罠があるかは分からないが、森全体にこの密度で仕掛けられているなんてことは無いだろう。あまりにも労力がかかり過ぎる。

俺が言っていることは正しい筈だ。

しかし、正しいことが必ずしも受け入れられる訳ではない。

「ネチネチ、何でお前が仕切ってるんだよ」

子供達の中で一際体格がいい者が立ち上がる。

大将を気取るトラは、俺に主導権を取られるのが我慢ならないようだった。

同時に俺の言葉に従って森へ向かおうとしていた子供の足が止まる。

動揺していた子供たちも、思い出したように彼の周りへと群がりだす。

「……」

「お前だ、お前がカイジョをやれよ。……もしかしてお前、自分がケガしないように他の奴《やつ》らに押しつけようとしたんじゃないよな」

そんなの当たり前だ、リスクのある作業は押し付けられるなら他人に押し付けるに決まっている。お前もそうだから俺に押しつけようとしているんだろう？

できるだけ自分の手駒が減らないようにするために。

「ここでは俺がリーダーだ。従わないなら、外に出て行け」

「……分かった、やる」

だが、この状況で全員を敵に回すのは不味《まず》いか。

罠も見たところ訓練の中で見たものばかりだ。注意していれば初見の罠も嗅ぎ取るぐらいはできると思う。

俺は大人しく木々の中へ踏み入ることにした。

かなりの密度で仕掛けられた罠を一つずつ解除していると、隣にエルフの少年、モンクが座り、俺と同じく罠の解除に取り掛かった。

「……」

一度チラリと彼の顔を見てから直ぐに手元に視線を戻す。

「き、君だけに押し付けられないからね」

俺は何も聞いていないのに、律儀に疑問を解消してくれる。

彼の『看破術』は俺と変わらない程度の実力だ。自信があると言えるほどのものではない。だからわざわざ手伝いたいものでもない筈だ。

「おい、モンク。お前は俺と一緒に狩りだ。罠はそいつにやらせろ」

見かねたトラがモンクを引き戻そうとする。

優れた気の操作能力を持つ彼は『戦闘訓練』でも、優秀な成績を取っているから、トラは彼に戦力として期待しているのだろう。

「あ……う……うん。でも、早く罠をどうにかしないと、森には出れない、よ」

そう言って彼は尚《なお》も作業を続けようとする。

「チッ、俺の言うことが聞けないのか？」

「か、狩りにもきちんといくから」

脅し気味に問い詰めるトラだったが、モンクも譲ろうとはしない。

彼はもう一度舌打ちをして、彼の取り巻きの土精族《ノーム》、チビを呼びつけた。

「モンクの代わりにお前が罠を解け」

「はいはい、分かったよ」

チビはナイフを片手に、罠の解除に取り掛かる。

「あと、土人族《ドワーフ》のお前とお前……あと、猫人族のお前もチビを手伝え」

そう言われた数人はチビに付き従って、俺とは違う方向の解除を進め出す。

おそらく俺の方の罠の解除よりも遥《はる》かに早くあちらの方が終わりそうだ。俺は少しずつ作業速度を落としてサボることにした。

◆◆◆◆

数時間後、周囲を囲む罠の一角を解除し終えたチビはトラにその旨を報告し、トラは頷《うなず》く。

「トラ、これで森に出れるぜ」

「戦える奴は森に出ろ。そうでない奴らは寝る場所でも作ってろ。もし俺たちが戻るまでに何もできてなかったら、そいつは飯抜きだ」

流石に、ただで自分が狩ってきたものをみんなに分け与えるつもりではないらしい。

俺も狩りへと向かうために外に出ようかと思ったら、トラがこちらに視線を向ける。

「お前は、それ終わらせるまでそこから動いたら許さねーからな」

トラはそう吐き捨てると、子供達を率いて森へと出て行った。

俺がサボっていたことはお見通しだったらしい。上げかけた腰を再び下ろす。

どちらにせよ、この仕事は今日中に終わりそうもない。

まずは食料がいるだろうと思い、足元に生えていた草を摘む。

これは『追跡術』の時に森で見たものと同じものだ。

食べられはするが美味《おい》しくはないし、根以外はあまり食べた気にはならない。

見た目で言うと痩せ細った大根のような感じだ。

肉の代わりにそれを齧《かじ》りながら作業を進める。


「あ」

何かを踏んだ手応えと共に、張り詰めた弓が放たれる音。

咄嗟《とっさ》に飛び退《の》くと、背後の木に鋭い矢が刺さった。

「危なかった……」

今頃になって、汗が滲《にじ》み出してきた。

やはり、この作業を長時間続けるのは集中力的にも、事故を引き起こす可能性がある。

どうにか俺も手伝いが欲しいものだと思いながら広場の方を振り返るが、皆拠点の作製に忙しいらしく、俺に視線を返すことすら無い。

いっそのこと、石か何かを投げてわざと作動させるかと、危うい考えを頭に浮かべていると小さな声が背後から聞こえた。

「……ん……ぅ」

振り返ると、眠気を帯びた呻《うめ》き声《ごえ》を漏らしながら、起き上がり、寝ぼけまなこで周囲を見回す竜人娘の姿があった。

どうしてこんな森にいるかを思い出そうとしている表情だ。

彼女は右を振り向いて、拠点を作ろうとしている者達の姿を見る。

彼らは視線から逃れるように背中を向ける。

そして彼らを見回してから、視線を空にやる。

多分、狩りに行った子供達の姿がここに無いのを疑問に思っている感じだ。

意識の覚醒に合わせて、やっと瞼《まぶた》が開いてくる。

そしてジロリと俺の方を睨《にら》むと、徐《おもむろ》に立ち上がり、子供達の間を真《ま》っ直《す》ぐに歩いてくる。

「こっちの……ほうか」

「ん？　あぁ」

起き抜けで少し嗄《か》れている声で何かを問い掛けてくるが、俺はよく分からずに頷いた。

そして、莫大《ばくだい》な量の気を放ちながら、俺の先へと進み出す。

「っ……罠が」

「しってる」

瞬間、何かを踏んで飛んできた矢を彼女は身を翻して叩《たた》き落とした。うん。

極細の鉄線は引きちぎり、トラバサミは踏み抜き、飛んでくる矢は叩き落とす。スペックの暴力によって地雷原を突破していく彼女の姿に俺は乾いた笑いが止まらない。

彼女はそのまま森に出て行った。

とはいえ、罠の解除を終えたのは確かなので、本日の食事のために〈獣〉探しに参加しても問題ないだろう。

ついでに森の探索を行うことにする。

◆◆◆◆

師範が『追跡術』の訓練や『遁走訓練』を実施したのはこの訓練に備えてのものだろう。

あれらの前準備がなければ、子供達は瞬く間に餓死していた筈だ。

そして、『生存訓練』が食糧の自給自足も視野に入れたものならば、訓練はかなりの長丁場になることが予想される。

一人では〈鹿〉や〈猪《いのしし》〉を相手にするのは危険だ。角や牙が刺されば致命傷になるし、持っている性質がそこにプラスされるとなると、俺の身体能力では逃げられないだろう。

狙うは〈兎《うさぎ》〉あたりだろうか。

体重という有利は武器の無い場所では酷《ひど》く大きい要素だ。

すばしっこくはあるが、俺の目があれば逃してしまう事はほぼ無い。

「ふぅ」

息を整えると同時に、自身の気を限界まで抑える。

すると森の中にある気配が俺の中で鮮明に浮き彫りになっていく。

森の中をゆっくりと移動していく集団……これは狩りに出ている子供たちだろう。

そして、遠くから導かれるようにゆっくりと近寄って来る大きめの気配……〈狼《おおかみ》〉だろうか。

周囲に点々と存在する〈兎〉のものらしき小さな気配。

最後の小さな気配に向かって進むと、第三の目《ピット器官》が痕跡を捉える。

視界の中に映った熱の足跡を辿《たど》っていく。

そして、段々と痕跡は鮮明になり、足跡の持ち主の姿を見つけると、俺は静かに身を潜める。

「プゥ……プー」

〈兎〉が茂みから飛び出すと、耳を立て鼻をひくつかせて周りを警戒する。そして、周囲に敵がいないのを確認すると、機嫌よさそうに鼻を鳴らして目の前の草を食《は》み始めた。

「シィッ」

「！」

〈兎〉の意識が完全に食事へと向かった瞬間にその脳天にナイフを突き刺した。

俺は木の枝に巻き付けた尻尾を外して、スルリと地面に降りる。

〈兎〉が食事する様子を逆さまの状態で監視し続けていたので、頭に血が上ってしまった。

揑《こ》ねるように両手で顔を揉《も》んで血流が下がるのを待ってから、兎の耳を持ち上げて、拠点に戻る。

◆◆◆◆

俺が拠点に戻ると、数人の子供達《たち》が睨み合いをしていた。

どうやら、狩りの際に揉め事が起きたようだ。

片方の集団が追い詰めた〈兎〉をもう片方の集団が仕留めたらしい。

前者の言い分は獲物は追い詰めた自分たちのものとなるべきというもので、後者の言い分は取り逃した方が悪い、というものだった。

対岸の火事ほどどうでも良いものはないので、俺はそれらを無視して食事の準備を始め……ようとして、あることに気づいた。

火が、無い。

これまでに見た肉はきちんと火の通ったものばかりだった。

少なくとも俺たちに生食の経験は無い。高確率で腹を下すことになる。酷ければそのまま死ぬ、なんてこともある。

俺は前世の知識を思い出しながら、枯れた木の枝を拾い集める。

丁度良いサイズの枝を持ってきて節をナイフで落とすと同時に、取れた木屑《きくず》を着火剤にする。

行うのは由緒正しき切り揉み式の火起こし。

そして、火を起こすための受け皿になる板を用意して、準備は完了だ。

棒の方には摩擦力強化の付与をしておいた。初めは直接燃焼の効果を付与しようとしたのだが、不思議な手応えと共に失敗してしまった。

仙器化についてはまだ謎になっている要素が多いな。

【充気《じゅうき》】による強化を全開にした状態で火起こしを開始する。


手が小さいためか、中々速度が上がらず、温度が上がらない。

「ふぅ……ふぅ……」

軽く息が上がってきた頃に、煙が出てきた。

棒の表面がささくれて、手のひらに擦り傷ができるが、ここでやめたらこれまでの苦行が台無しになると、気合を入れて作業を続ける。

煙が大きくなってきたところで、火種を細かい枯れ葉の中に移して風に当てるように振り回すと、手の中で枯れ葉が熱を帯びる。

そうして、ついに火が着いた。

「っ……」

喜びを噛《か》みしめながら、その火を大きな枝へと移した。

これで、やっと肉が食える。

そう思って〈兎〉の解体をしようと思って振り返ると、竜人娘が何かの肉を生で齧っていた。

幸いなことに彼女が齧っているのは俺の〈兎〉ではなく、自分で獲《と》って来たもののようだが、彼女の胃は無事で済むのだろうかという心配が残った。

皮肉なことに〈兎〉の解体には以前の『特殊訓練』の成果が出た。

頭の中でシスターの講義を反芻《はんすう》しながら、皮を剝いで、内臓を削《そ》ぎ落とし、〈兎〉を肉の塊へと変えていく。

肉に枝を差し込んでから、焚《た》き火《び》に近い位置の地面に突き刺す。

夕方に差し掛かり、暗くなった森の中で煌々《こうこう》と火が燃えている。

先ほどまで口論に夢中になっていた子供達も、肉の匂いを嗅いでこちらを物欲しそうに見つめている。

しかし、俺がトラに嫌われているのは知っているのか、火を借りようとするものは居ない。中には生食に挑戦しようとする者も居る。

どうやって火を起こすのだろうと思っていたら、一人の子供が赤熱したナイフを取り出す。

燃焼の付与をしたナイフだ。

あれを携帯していて火傷《やけど》しないのだろうか。

そんな疑問を置き去りに彼がそれを枯れ草の中に突っ込むと、直ぐに燃焼を始める。

今度は俺が、燃焼のナイフを物欲しそうに見つめることになった。

そういえば、と俺は森の中に転がった死体に目をやる。

シスターが『特殊訓練』で言っていた瘴気《しょうき》というものを確かめるために死体に近づいてみると、濃い鉄の臭いが漂ってくる。

「ん?……っっ!」

それに顔を近づけようとして、展開したままの【充気《じゅうき》】に初めての反応を感じた。足元に纏《まと》わせた気が溶けるような、削られるような感覚がしたのだ。

熱いものへの反射のように、直ぐにその場を飛び退《の》いて脛《すね》のところを確認すると、肌の表面が薄黒く変化していた。

どうなっているのかと観察をしようとすると、直ぐに肌の色は元の色に戻っていった。

死体周辺の植物へと目をやると、先ほどの俺の脛よりも黒く染まり、腐り落ちている。

特殊訓練で聞いた時には不衛生な空気のことを瘴気と呼んでいると思っていたのだが、死体からは確かに瘴気としか表現しようがない何かが出ていた。

それらは気に干渉して、溶かす……いや、削る……消している？

奇妙な手応えを反芻しながら、今度は強めに【放気《ほうき》】を展開して、死体に近づくと、瘴気と【放気《ほうき》】の削り合いが起こるのが分かった。

なるほど、瘴気と気には触れると互いに消滅する性質があるようだ。

そして、その削られる速度よりも多く気を放出することで、瘴気の干渉を押し留《とど》めることができる。

今は一メートル程度の範囲に留まっているが、これが広がれば不味《まず》いだろう。俺は死体をできるだけ遠くに移動してから、焚き火の場所へと戻ってきた。

◆◆◆◆

食事を終えると子供達にできるのは寝ることだけ。

彼らは木を集めて作った屋根の下で、身を寄せ合って眠りに就き始めた。

俺はもちろん、彼らの拠点に入れてもらうこともできずに地面で寝た。

外敵の心配をしないで済むだけマシなのだと割り切るしかない。

俺は焚き火の側《そば》に寝転がり、竜人娘は少し離れたところで木の幹に寄り掛かりながら眠っていた。


すると、彼女に黒い影が迫る。

影がナイフを振り上げた途端に、彼女の瞼《まぶた》が開かれ、尻尾がナイフを払い落とす。

さらにもう一つの影が、横から彼女に飛びかかるが、意識の覚醒しきっていない彼女はそれを避け損なう。

突き出されたナイフは真っすぐに彼女へ向かい、彼女を押し飛ばした俺の腹へと刺さった。

「なっ！　んで」

ナイフを突き出した下手人、ヒエダが俺の目前で驚きの声を上げている。まさか、俺が庇《かば》うとは思っていなかったのだろう。

彼女がナイフを突き出した手の首を左手で捕まえながら、右手のナイフで彼女の首を裂く。夥《おびただ》しい量の血が喉と口から溢《あふ》れ出す。

「カ……フッ……」

力を失った彼女に引っ張られるように俺は地面に膝を落とす。

肩越しに振り返った先には、数人を相手に暴れ回る彼女の姿がある。

そして再び自分の体へと視線を下ろす。


「しくじった」

腹部から、ジワリと血が滲《にじ》み出した。


俺は服の上からナイフを押さえながら、竜人娘の方へと視線を向ける。

竜人娘を襲ったのは、七人。

一人は蛇人族の娘、そして他も彼女と同室の少女や、仲の良かった少年達だった。

「ヒエダ!!」

首から血を流して倒れた少女の姿を見て、襲撃者の少年は彼女の名前を叫んだ。

そして、復讐《ふくしゅう》の怒りを込めて、身に纏う気の量をさらに増やす。

しかし、完全に意識の覚醒した竜人娘には及ばない。時間が経《た》つ毎《ごと》に一人、また一人と攻撃を受けて動きが鈍る。

彼女はナイフを持っていなかった。おそらく襲撃の前に誰かがこっそりと盗んでいたのだろう。そのため、彼女の反撃は致命傷とはならず、襲撃者は中々減らない。

腹に刺さったナイフの刃の側面に指を触れると、ヌルリとした感触が返ってくる。

明らかに自分の血液とは違う、薄緑の液体が刃から滴っている。それを自覚した途端に痛みが増してくる。

「あ、ぐ……ぅ」

「ネチネチは動けない。毒が効いてきたぞ」

「……っ」

襲撃者の言葉に、竜人娘が反応した……反応、してしまった。

彼らは、彼女にとって俺が単なる肉壁ではないことを見抜いた。数人の視線がこちらに向かう。

俺も応戦しようとナイフを構えるが、気の力が暴れて制御出来なくなっている。

注入された毒は、気に作用するものだった。

ならばその副作用は臓器へのダメージが予想される。

確かに彼女に毒が効くならば、竜人の強みである気の力を削ぐ物が最も効果的だろう。

腹に刃物が刺さり、加えて気による補助も出来なくなり、再び地面に膝をつく。

襲撃者はこちらへと走ってくる。

彼らが振り上げたナイフの刃に、反射した俺の顔が映ったその瞬間、衝撃波が俺たちを襲った。


「ガア■■ア■ァ――ッッ■ッ！！！！」


これまでも竜人娘の特技にして厄介な武器だった咆哮《ほうこう》、それがさらに強化されて、物理的な衝撃を伴って襲撃者を攻撃する。

鼓膜が破れるのはもちろんのこと、その場で意識を失い、耳から血を垂れ流す者もいた。

それでもまだ無事な者は残っており、減らすどころか逆に、大きな音で他の子供達《たち》を叩《たた》き起こす結果をもたらす。彼らが味方になると安直に思うことは出来なかった。

つまり、更に敵が増えて、咆哮を放つ前よりもその数は多くなってしまった。

ほとんどの子供達にとって彼女は元サンドバッグであり、いつ復讐の対象にされるか怯《おび》える存在であったからだ。襲撃するつもりは無くてもこの機に乗じて俺たちを攻撃してくる確率の方が高い。

それを予期していた彼女は、数を頼りに追い詰めようとする襲撃者らよりも先に、俺の首根っこを摑《つか》み上げると、罠《わな》が解除された小道を通って森に出た。

彼らは追ってくる事ができない。

俺たちがここで作業している光景を見ていなかった彼らは、全ての罠が解除されている確信を持てなかったのだ。

「……」

竜人娘は木の上に飛び乗ったところで、俺を襟を摑み上げる体勢から小脇へと持ち替えてから、更に隣の木へ飛び移る。

俺は、咆哮の影響で三半規管がおかしくなったままだが、森の中の景色に目を凝らす。

ここで昼間に周囲を探索していたことが活《い》きてくる。

「あっち……だ」

彼女に分かるように、拠点に丁度良さそうな場所を指差す。

指示されるのを嫌った彼女は舌打ちをして俺の示した方向へと走る。

直《す》ぐに目的の場所に辿《たど》り着いた。

鬱蒼《うっそう》と茂る森の中に、一際大きな一本の木が生えていた。

根元には大きな、かまくら程の大きさの空洞があり、臨時の拠点としても使えそうだと目星をつけていた場所だった。

それに元の拠点からは十分な距離もある。

竜人娘は俺の体を抱えたまま、空洞へと身を隠す。

襲撃の心配は無くなったが、依然俺の腹には穴が開いたままだ。

「ふぅ……ふぅ……」

「ヘビもどき」

彼女は俺の傷を見て難しい表情を浮かべている。

その顔は見たことが無いな、などと呑気《のんき》な感想を思い浮かべてしまう。

「ヘビもどき……」

彼女はペタペタと傷口を見たり、触ったりしながら視線を彷徨《さまよ》わせる。

なぜ、蛇人族の少女が毒を持っていたか、犯人は考えるまでもなく一人だと、俺は知っている。

塗られた毒がどのような性質のものかも知っていた。

気の力を昂《たかぶ》らせる代わりに、内臓に重大なダメージを与えるのだ。過剰摂取した者は暴走した気をコントロールできなくなる上に、臓器の不全を引き起こし、最悪だと死に至る。

ただ、口からの摂取であれば吸収を抑える性質のある薬物を同時に摂取することで異常を抑えることができる。

しかし、この毒と対になる効果を示す毒草は、元拠点に置いたままになっている。これが一番不味かった。

刻々と死へのカウントダウンが進むのを感じる。

空転しそうになった思考を、傷口に伸ばされた小さな手を握って、押し留める。

「……ハァ……ハァ……っ」

冷や汗が溢れ出してきた。

ここで終わって良い筈《はず》がない。

全部を思い出せ。

これまでの、全てを、細部まで。

たとえ、生き残るための手段がそこに無くとも、絞り出せ。

走馬灯のように記憶の波が押し寄せる。

祭壇の景色、初めて見た空、森、そして人。

彼らとの会話の隅々まで。


――『前にお渡しした鱗《うろこ》で、どのような薬を作ったのですか？』

これはシスターとの会話だ。

竜人娘が脱皮によって落とした鱗について俺が問いかけた時のものだ。確か俺の問いに彼女はこう答えていた。

『あの後に調べたら、薬には鱗よりも血液の方が向いているようです』

なら鱗は何に使ったのだろうか？　いや、今は関係ないことだ。

——『そうかなあ。いやあ、でも今もジセイ部屋《自省》にいるだろ？　デカい尻尾のヤツが』

これは、同室だった鬼人族との会話だ。

結局、彼女は本当に死ぬ直前まで大人達に反抗していた。

——もっと前、俺の意識が目覚めたあの部屋での記憶を想起する。

『——部屋の中が少し変なにおいがする、気がする』

自省部屋ではおそらく子供に幻覚を見せるために薬物を含んだガスが流し込まれていた。

にもかかわらず、なぜ彼女には通用しなかったのか。

「……血、だ」

「？」

「おま、えの、ちが……くすりに、なる」

確信は無い。

しかし、これまでの記憶は彼女の血液に解毒作用があると判断した。

「ッ……」

それを聞いた彼女は、ナイフで手のひらに一の字に傷を付けると、傷をつけた拳を腹の傷の上で握りしめて、血を滴らせる。

「うぅ……クッ」

生暖かい液体が、傷口に触れて激痛が走る。

『血液型とか大丈夫だろうか』『そもそもこの世界に血液型なんて概念はあるんだろうか』などと、益体も無いことを考えながら痛みに耐え続ける。

「ヘビもどき……口をあけろ」

「……ん、ぁ」

再び竜人娘の手のひらから絞り出された血液が、俺の口の中に落ちる。

果たして外傷に対して口から摂取して効果があるのか分からないが、今は藁《わら》にもすがる思いだ。

数滴の血を無理やり嚥下《えんげ》して体に取り込んだ。

「ああ……グゥ」

内側から焼かれるような熱と、それに相反するような寒気をずっと感じながら、竜人娘の手首を潰す勢いで握り込む。

そうして、俺はなんとか意識を保ち続けた。

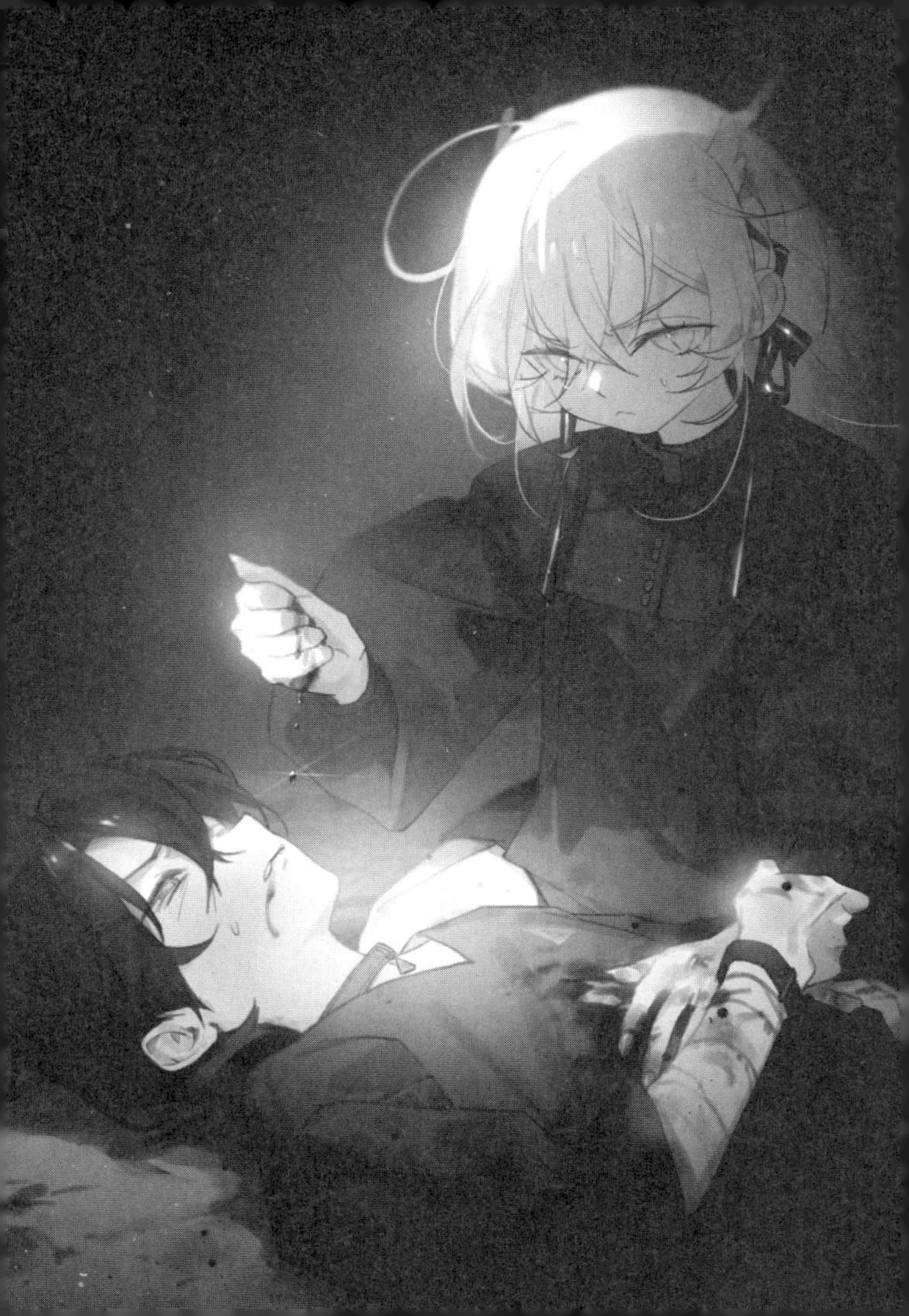

◆◆◆◆

「……」

暑さに目が覚めた。

腹部の痛みは今も残っているが、妙な冷や汗と霞《かす》んでいた視界は元に戻っていた。

死の感覚も今は遠のいているのが分かると、途端に安堵《あんど》が込み上げてくる。

「……ふぅ」

死にたくはない。

死にたくはないが、ここにいる限りはきっと何度もこのような目に遭うだろう。しかし、ここの外でも危険はある。

子供でも化け物のような力を持つ者がいるのだ。

ならば大人では災害と等しい力を持つ者も現れるだろう。

だから、不確定な外へ逃げる方法を探すよりも、俺はここに留《とど》まり、力を手に入れる必要があった。

殺されないために、誰よりも人を殺す術《すべ》を身につけよう。

力を身につけていない今は、脅威が現れれば、姑息《こそく》な手段で嵌《は》め殺せば良い。

「ん……んん」

寝苦しさの原因が、耳元で唸《うな》り声《ごえ》を上げる。

俺の肩に顎を乗せてグリグリと刺激してくるのが地味に痛い。

銀色の髪は毛皮のように細く、柔らかい。

暖かさと相まって犬を連想してしまった。

痛みに耐えている間に握りあっていた手は、ずっとそのままだったのか、しっとりと汗で湿っていた。

彼女の尻尾は、いつも彼女が寝る時のように俺たちを囲っている。

目も覚める訳だ。

俺は涼もうとして、彼女から少し体を引き離すと、二人の間に冷気が入り込む。

予想を超える寒さに、思わず体を震わせる。

再び暖を求めて、彼女との距離をゼロに戻した。その拍子に足先が触れ合う。

「……」

一瞬、俺のものではない尻尾にピクリと力が入るが、直ぐに脱力した。

そう感じたのは、きっと、微睡の中で見た幻覚に違いない。

俺は再び、心地良い寝苦しさに身を委ねた。

◆◆◆◆

次の日、俺は地面の石をひっくり返していた。直径が膝から地面までの長さ程はある円盤状の岩と石の中間サイズのものをコロコロと転がしながら、新拠点まで運ぶ。

「痛ッ」

体を捻《ひね》るような動作をすると激痛が走るので、老人のようにゆっくりと転がしていく。

この石は鉄板のように間接的に熱して、肉を焼くためのものだ。

今日は狩りには行けそうにないので、代わりに生活の質を向上させるアイテムを用意する事にしたのだ。

俺は今朝の光景を思い出す――。

『……なんで、わたしのまえに出た』

『すまない』

ダンッ、と俺の顔の横を殴り付けた。

『あやまれなんて、わたしは言っていない』

内に秘めた激情を感じさせる金の瞳が、視線を逸《そ》らす事すら許さない。

拳を当てなかったのは怪我人《けがにん》への慈悲だったのだろう。
『俺にとって必要なことだったからだ。情けを掛けたつもりは無い』
『……』
彼女の纏《まと》う怒りの色が少し薄くなる。
『俺は俺の目的の為にお前を利用しただけだ。貸しも、借りも無い』
強いて言うならば彼女がそれを許すか、それだけだ。
睨《にら》むような、それでいて俺の言葉の真偽を確かめるような眼光が鼻先まで迫る。

『なまいき』
竜人娘は牙を剝《む》いて攻撃的に嗤《わら》った。

——と、まあそういう一幕があったのだ。
彼女にとっては、他者の慈悲を受けることは敵対と同等に許しがたいこと。
だからこそあれだけの剣幕を俺に見せたのだ。
それに対して俺が言ったことも真実だ。
彼女には毒が通じない。あの毒を喰《く》らったところで戦闘に影響は無かったのだろう。
それに師範にあれだけ叩《たた》きのめされてきた彼女ならば腹に穴が空いたとしても彼らに勝

利出来たに違いない。

だがそうだとしても、俺が庇《かば》わなければならない理由があった。


「んく、んく……ぷはぁ」

底の塞がった筒から水を飲む。

サバイバルにおいて重要な要素である水。

実は子供達《たち》は早い時点でこれを克服している。

というのも、この森には竹のような植物があるのだが、それの節の中には直接飲むことのできる水が溜《た》まっているのだ。

子供達はこれを使って水分を補っていた。

俺は水を溜め込む性質よりも、竹のような形をしていることに興味を持った。

まず、長めに切った竹を半分に割る。

そしてさらに半分に、そのまた半分に割って最終的に八等分に割る。

すると、緩やかに曲がった板が八枚できる。

ついでにこの八枚の竹の板の節をナイフで削り落としておく。

竹の外側の部分を上に向けて横に並べる。

この時、隣り合う竹は上下を逆にすることで全体として綺麗《きれい》な長方形の形にできる。

そして、この板を竹を細く割いて作った紐《ひも》で固定すると、遠目から見れば幅の広いすだれのような形になる。

これをさらに多くの竹を使って繰り返せば、簡易ベッドの完成だ。

直接地面に寝るのは虫に刺される可能性があって気になっていたのだ。これだけだと硬くて寝られないと思うので適度に枯れ草を敷いてクッションにした。

遠目から見れば鳥の巣のようだ。

もっと凝るとしたら、細く割いた竹を編む、なんてことも出来るだろうが徒労になりそうだ。それは時間がある時に回そう。


少し近くを探索して気づいたが、初めに拠点にしていた場所の周囲以外にも師範達が仕掛けたらしき罠《わな》が点在していた。

流石《さすが》にあれほどの密度ではないが、油断していたら思わず引っかかってしまいそうな、嫌らしい配置のものがいくつかあった。

俺はそれを解除してワイヤーと、矢を手に入れた。

初期地点に夥《おびただ》しい量の罠が配置されていたのは、師範達による嫌がらせかと思っていたが、今思えばあれは師範による手助けだったのだと分かる。

あれは中のものを閉じ込めるものではなく、外敵への防護だったのだろう。

そもそも罠というのは不意に存在することに意味がある。

あれほどの密度で存在していては、相手は油断などするわけもなく、罠の特性を活《い》かす事ができない。

ましてや設置された罠は子供達の既知のものだ。

つまり、あの時の最適解は罠を出入りの最小限だけ解除しておくことだろう。残りはそのままにしておくべきだった。


あの罠のバリケードの有り難さはそれを失った今だからこそ分かる。あれ程の密度では無理だろうが、せめて襲撃者の方向を制限できるくらいには欲しい。

……いや、罠である必要は無いか。ワイヤーに鳴子を繋《つな》げて触れば音が鳴るようにしてもいいな。竹を使えば鳴子も作れる。

「うぅむ……」

全ては生存のためにしていることなのだが、次々とアイデアが浮かんできて楽しくもある。もしかすると俺は物づくりが好きな人物だったのかもしれない。

「片っ端から試していくか」

◆◆◆◆

新拠点を覆い隠すために、木の空洞を隠すように刈り取って来た枝葉を配置していると、カラカラと鳴子が作動した音が響く。

「む」

「ん……おふぁえり」

〈兎《うさぎ》〉を持って戻って来た彼女を、ムシャムシャと草を喰《は》みながら出迎える。鳴子を設置した理由は察したようで、ワイヤーを踏み千切ることなく素直に内側へ入って来た。

拠点の様子を見て、彼女が少し戸惑っているのが分かる。

それもそうだろう。

既に焚《た》き火《び》は準備され、石で組んだかまどの上では竹のコップに入れた水が煮立っている。

背後では拙いながらも雑魚寝よりは遥《はる》かにマシな竹の寝床。

衣食住の内、食と住の質を上げることができたのだ。

俺は彼女に顎を捥《も》ぎとられないように、口に含んだ草を飲み込んだ。

「〈兎《それ》〉も俺が解体しよう」

「む」

彼女が様変わりした拠点の情報を処理している間に〈兎〉を受け取ると、素早く処理していく。〈兎〉の解体は二度目なので前よりは手慣れている。

皮をなめすためには特殊な液体が必要、という知識しか無いので活用することは出来ない。内臓と同じく捨てるしかない。

薄く削《そ》ぎ落とした〈兎〉の肉を焚き火で熱した石の上で焼く。

水分が蒸発して白い煙と共に美味《おい》しそうな匂いが漂ってくる。

態々《わざわざ》石の上で焼いているのは、焚き火の光が上に届かないようにするためだったが、こうしてみると焼肉を連想して余計に美味しそうに見える。

焼き上がった〈兎〉の肉を、竹を半分にした器へと放り込んで彼女へ渡す。ついでに、フォークのように先を尖《とが》らせた食器も添える。

「む」

彼女は飲み込むように次々と肉を放り込む。

生でも肉を食べる彼女だが、やはり調理されている方が良いのだろう。

彼女が獲《と》った肉を俺が食べているのを見ても、眉を歪《ゆが》めて今にも殺しそうな眼《め》で睨むだけで黙認している。

きっと俺の料理の腕に感心したのだろう。俺は〈兎〉の処理と食器や料理の対価としてきっちり半分の肉を平らげた。……文句は言わせない。

俺は、余った肉を煮立てた水の中に放り込んで出汁《だし》を取る。

ついでに比較的食べられる味の葉っぱを入れてスープを作った。

火から引き上げて、触れる程度の温度になったところで彼女に手渡した。

「はい」

「む」

戸惑ったような顔でそれを受け取る。

味、という点では大人から与えられる食事には一段劣るが、森の中で作ったと考えれば上等だろう。

栄養を考えれば、純粋なエネルギー源となる炭水化物が欲しいな。

「調理したものの方が良いだろ？」

「む」

……さっきから『む』しか言ってないな。

まあ、彼女も調理に一定の価値を認めているようなので俺の目的は果たされただろう。

これで、怪我した状態でも足手纏《あしでまと》いにはならない。

◆◆◆◆

パチパチと木の弾《はじ》ける音だけが響く。

彼女は少し離れた所で、瞑想《めいそう》をしている。

しかし、いつもと違って莫大《ばくだい》な気を撒《ま》き散らすことはしない。〈獣〉を引き寄せないようにするためだろう。

俺は焚き火の灯《あか》りを頼りに、ナイフで手元の竹を薄く削っている。

削りカスを息で弱く吹き飛ばす。

時折火に翳《かざ》して、形を確かめる。

心地の良い沈黙がこの場を支配する。

人間としての本能か、揺らめく火を見ていると、心が落ち着く。

彼女も同じなのか、穏やかな表情で炎の弾ける音に身を任せている。

「……ほう」

焚き火の熱で火照った顔を冷やすように顔を上げると、満天の星空が視界に飛び込んできて、声が零《こぼ》れた。

死が確定された残酷な世界と釣り合うように用意された、唯一の褒美と言われても納得ができる程に、綺麗だ。

きっと、前世でも感じたことのないような感動を覚える。

頭の冷静な部分が、『あちらと違って街の光が無いからはっきりと星が見えているんだろう』と分析した。理由なんて、どうでも良い。

今はただこれを目に焼き付けていたい。

人の記憶は曖昧で脆弱《ぜいじゃく》だ。

世界を跨《また》ぐ程度で真っ白になってしまう程に儚《はかな》い。

それでも、もう一度死んでもこの瞬間のことを忘れることは出来ない。

そう、確信した。

気づけば、彼女も空を見上げている。

生まれてからずっと、窓一つ無い房に閉じ込められ、訓練が始まってからも夜間には祈《き》禱《とう》室と自室の往復しか許されていない。

もしかすると、彼女が星を見たのはこれが初めてなのではないだろうか。

竜人娘は、星の敷き詰められた空に、眩《まぶ》しそうに目を細めた。

◆◆◆◆

「……ふ……ぅ」

俺は木にぶら下がったままの状態で腕を伸ばして、調子を確認する。

ワイヤーを使って傷口を閉じた状態で固定したおかげで、傷は二日で完全に治癒した。

治癒の早さは気を纏《まと》った状態で生活していたのも関係があるかもしれない。

焼いた〈兎〉肉を葉に包んだ保存食を手に持つと、俺は新拠点から移動を開始した。

目的は、今も初期地点を根城にしている子供達《たち》を偵察するためだ。

◆◆◆◆

「変わりはない、か」

出来るだけ遠く、罠の壁のさらに向こうから子供たちの様子を覗《のぞ》く。

竜人娘を襲った者たちも何食わぬ顔で生活している。

裏切り者は嫌われると思っていたが、どうやら彼らは全ての責をこちらに負わせたらしい。

そして、肝心の拠点は初日よりも、加えて言えばこちらの現拠点よりも立派に仕上がっている。

あそこには俺よりも手の器用な子供が何人もいる上にそもそもマンパワーが違うので驚きは少ない。

拠点の地面にはポツリと草が黒く枯れている部分があった。

おそらく、蛇人族の少女の死体が放った瘴気《しょうき》が草を枯らしたのだろう。

「……」

子供達が襲撃者を追い出す様子は無いことが確認できた。

つまり、拠点の子供達にとって俺たちは敵、ということだ。


俺は入念に痕跡を消す。

近くまで来たことを知られると警戒されてしまうからだ。

さらに、拠点まで出来るだけ遠回りしながら帰る。

ここで気をつけなければならないのが、遠回りしすぎて元の場所に戻れなくなってしまうことだ。森の中は見通しが悪く、気を抜くと簡単に迷ってしまう。気の探知の限界距離を超えない程度のギリギリを攻める。

回り込む途中で、川を見つけた。

この水が飲めるものかは分からないが、そこにいる魚には興味がある。

「冷っ」

緑が生い茂っていることで油断していたが、周辺はかなり気温が低い。

この訓練が始まってから段々と冷え込んできているのだ。

もしかすると、季節は冬に向かっているのかもしれない。

足元を鮭《さけ》のような物体が潜《くぐ》り抜けたのを狙って、手を伸ばす。

指先が触れたと思った瞬間に〈鮭〉は強烈な勢いで水を噴射しながら川の水面を爆走して逃げていった。まるで横に向けたペットボトルロケットだ。

「やっぱりか」

この森の〈獣〉たちは全く油断させてくれない。

師範たちの下では肉はあっても魚を食べることはなかったので、久しぶりに見る魚に気を抜いていた。

この世界の生物が普通な訳が無いのだ。

しかし、俺も普通の子供ではない。

水の中だと、水流の温度が邪魔してピット器官は役に立たないが、気を探れば位置は摑《つか》める。

「来い」

俺はずぶ濡《ぬ》れになったまま、指先を水面に入れる。

そして限界まで気を抑える。

周りと同化するように俺が纏う気はゼロへと限りなく近づいた。

そうすると、水流の中で体をくねらせて進む気の塊が見えるようになった。

それらは流れに逆らうように川上へと泳ぎ、時折石に体をぶつける。

俺は虚《うつろ》な目で水面を見つめ続け、足首に鱗《うろこ》が触れた瞬間、気を限界まで高めながら指で眼球を引っ掛けて岸辺に打ち付けた。

衝撃で気絶した〈鮭〉に木の枝を刺して持ち帰る準備をしていると、遠吠《とおぼ》えが聞こえた。

弾かれたように空を見上げると、既に太陽は落ちかけている。

「……っ不味《まず》い」

夜目の利く〈狼《おおかみ》〉たちにとって夜の森は絶好の狩場だ。

これまでは遠くをうろついているだけだったが、遂《つい》に動き出したようだ。

森を包む気配が重くなる。

俺は拠点へ向かうペースを上げる。

背後に〈獣〉の気配が張り付く。それも一つや二つではない。

さらに、それらの中で小さな一つの気配が、群れから飛び出して、俺を追い越して正面を塞いだ。

「グルルルルル」

現れた〈狼〉から風が流れてくるのを感じる。

おそらく、風を纏うタイプの〈狼〉だ。

進路を塞がれた。

こいつら、もしかして俺が一人になるのを待っていたのか。

そう思う位に〈狼〉達の行動は、俺の動きを先回りしている。

俺は鋭さ強化を施しただけの頼りないナイフだけで、この場を切り抜けなければならなかった。

「こっちは腹の穴が塞がったばかりだぞ」

悪態を吐《つ》きながら、奥の手を懐から取り出す。

それは一枚の鱗だ。

竜人娘が脱皮したときに手に入れた一枚。

俺はそれに仙器化を施していた。

現在の俺の技術では元からある性質を強化する仙器化しか出来ない。

針であれば貫通力。木片であれば硬さ。ナイフであれば切断力。

そして、竜人の鱗には気を溜《た》め込む性質があった。

俺は鱗を握りつぶした。

これまで俺が込めた気が溢《あふ》れ出てくる。

俺が込めたものなら、俺が操れても良いだろう。

ぶっつけ本番で溢れ出た気を体の周りに纏う。

「グルル」

警戒した正面の『風狼』が小さく唸《うな》る。

そして他の〈狼〉も遂に追い付く。

前後から〈狼〉に挟まれる形だ。

それらを視界に入れながら俺は……横に飛んだ。【瞬歩《しゅんぽ》】も同時に使用して、一歩目からトップスピードに乗る。

俺の姿を捉え切れたのは正面の『風狼』のみ。

『風狼』はつられて、俺と同じ方向へ走り出す。かかった。

俺は『風狼』が走り出した途端に、尻尾を木の幹に引っ掛けて垂直に曲がると『風狼』の眼前に潜り込んだ。

「――ギャンッッ」

首から胴まで、袈裟懸《けさが》けにナイフを入れると、『切断強化』が施された刃はその毛皮さえも引き裂いて致命の一撃を腹部に刻んだ。

その勢いのままクルリと地面で受け身を取ると、そのまま逃走を開始した。

気を脚へと集中的に纏いながら走るが、追いかける〈狼〉の群れも速度を上げてくる。

時折思い出したように設置されている罠《わな》を壁にするが、狼たちは見えているかのようにそれらを避けて追いかけてくる。

大きな木の枝の上に立つと、背後から高速で気の塊が迫ってくる。

「ッッ!!」

月明かりで黒い棘《とげ》が地面から伸びるのが見えた。

慌ててその場から身を翻すと、黒い棘は胴ほどの太さがある木の枝を簡単に切断する。

「ヴヴヴウ」

明かりがあるにもかかわらず、その姿を捉えることは出来ない。

気の感知と低い唸り声によって、やっとそこにいることが認識できる。

心の中で『影狼』と名付けた個体は、もう一度こちらへ向かって影を伸ばしてくる。

大きな顎のように夥《おびただ》しい量の黒い棘を伸ばして俺の退路を塞ごうとする。

棘に見えて実際は刃のように切断能力を持っているのは、木の枝を切断したことで分かっている。それに加えて真っ黒な見た目のせいで距離感も掴みづらい。

「まず」

飛び移ろうとした木に、もう一匹の〈狼〉がタックルして叩《たた》き折る。

異常に盛り上がった筋肉がその破壊は純粋な力によってなされた現象であることを伝えてくる。

万事休すか、と思ったが黒い棘は俺のすぐ目の前で止まる。まるで、俺との間にガラスの壁が設置されているかのようだった。

「っ影か」

月明かりによって照らされた部分は黒い棘が伸びていなかった。

おそらく光のある場所では『影狼』の力は使えないのだ。

図らずも筋肉の〈狼〉、〈肉狼〉によって助けられた形だ。

そして、〈肉狼〉は見た目の通り走る速度はそこまで速くないようだ。

俺は月明かりの中を走って、〈狼〉たちから距離を取っていく。


ウォオオオオオオオオオオン!!!!


もう一度、〈狼〉の遠吠えが響く。

今度は肌がビリビリと痺《しび》れる程に殺気を感じた。

「はぁっ、くそ」

完全に目を付けられた。『影狼』は能力と同じくその性格もきっと陰湿で粘着質なのだ。

俺は竜人娘と彼らをどうやってぶつけるか、算段しながら拠点に戻った。

「〈鮭〉も捨ててしまったし……はぁ、最悪だ」

もしかすると、最もショックだったのはこれかもしれない。

ナイフを鞘《さや》に納めて、俺はもう一度溜め息を吐いた。

「ックシュ」

濡れた体が夜風で冷えてくしゃみが出た。

◆◆◆◆

「風邪でも引いたか？」

俺は炎に手を翳《かざ》しながら身を震わせる。

先ほどまでの逃亡劇によって唯一の猟果である〈鮭〉を失った俺は、竜人娘を拝み倒すことで彼女の戦果である〈兎《うさぎ》〉の肉球の部分だけ譲られた。

譲られた、といっても彼女が残したものを掠《かす》め取っただけなのだが。

適度に腹を満たしたところで、ポケットの中を弄《いじ》り、竜鱗を握り潰したことを思い出した。

竜人娘はこの時点で明らかに他の子供よりも突出した気の才能を持っている。

それが彼女自身の持つ才能である可能性もあるのだが、少なくとも気の量は竜の肉体に秘密があった。

竜人の鱗は気を溜める性質を元から持っていた。

彼女の放つ莫大《ばくだい》な気の量はそれによって支えられていたのだ。

しかし、鱗が持つ性質はあくまで溜め込むことだけだ。

気を汲《く》み出す量が増えるわけではない。

彼女が瞑想《めいそう》の時に放つ気の量は俺が一日で放つ総量を優に超えていた。

貯蓄量だけでなく、源泉の産出量でも竜人は異常ということだ。

「どうやら、俺たちの動きを〈狼〉達《たち》が嗅ぎ回っているらしい」

だから気をつけろ、そう竜人娘に続けようと思ったが興味のなさそうな彼女の様子に口を閉じた。わざわざ忠告するまでもないか。

俺はナイフと竹の破片を取って細工の続きを始めた。

切断力を強化したナイフは簡単に竹の表面を削《そ》ぐ。毎日作業を繰り返したことで俺のナイフ捌《さば》きは目に見えて巧みになっていた。

全ての行動を本気で、それが今世での俺のポリシーだ。手慰みに近いこの細工もきっとなんらかの形で生きてくれるだろう。

竹の細工に耐久性を強化する仙器化を施す。この作業もかなりスムーズに行えるようになった。

出来上がったそれの表面に、胡桃《くるみ》に似た果実の油分を擦《こす》り付ける。

仕上げを終えた細工を彼女の近くの丸太の上に恭しく置く。

「櫛《くし》だ」

「……？」

彼女は丸太の上を見た後、こちらに視線を戻す。

この表情は『だからなんだ？』ということか……いやそもそも彼女は櫛がどういうものか知らないのか。

俺が櫛を用意したのは髪に取り付いた虫を落とすためだ。

この環境においては虫によって与えられる身体・精神への害、特に後者は命に関わることすらある。不快で眠りを妨げられるだけでも、サバイバルにおいては命に関わると聞く。

俺は櫛を手に取ると、彼女の背後に回る。その間も彼女の視線は俺を警戒したままだ。

月から輝きだけを取り出したような銀の髪を一房持ち上げて、ゆっくりと櫛を通す。『生存訓練』でロクに手入れの時間など無かった彼女の髪は乱れていたが、数度櫛を通すだけで、整ってしまう。

肩口より少し先まで伸びる銀の髪と、不思議な力強さを感じる爬虫類《はちゅうるい》的な金の瞳は彼女の幼さも相まって神秘性が宿っているように感じる。

もしかすると俺が彼女に対して信仰に近い感情を抱いていたのは、浮世離れした容姿も原因かもしれない。

今の俺が彼女を狂信せずに済んでいるのは、彼女の見た目と裏腹な凶暴性、そして口の悪さのお陰かもしれない。

櫛の扱いのレクチャーを終えた俺は、彼女に櫛を預けると、また竹を削り出す作業に戻った。

今度は短冊状に裂いた竹をひたすら尖《とが》らせる。

作るのはいわゆる千枚通しだ。これも『貫通強化』の付与をして使う。

元となる素材が木製なので、仙器化しても性能は高が知れるが、眼球や気を纏《まと》っていない人間なら致命傷を与えられる程度の威力はある。

それに使い道は武器としてだけではなく、罠の解除に使ったりもできる。

俺が作業を続ける横で、彼女は瞑想を行ったり、尻尾に生えるたてがみに櫛を通したりした後に寝床についた。

◆◆◆◆

深い緑の埋め尽くす森の中に、朝日が差す。

その中で一人の少女が姿勢を低くしたまま、森の中を駆ける。

彼女の出す足音は酷《ひど》く小さく、彼女が訓練を怠っていないことが窺《うかが》える。

彼女の容姿の中でも目を惹《ひ》くのは彼女の頭に花束のように複数の草花が載っていることだろう。実際は載っているのではなく生えているのだが、その花精族の特徴が似合わない大人の男が存在することを考えると、酷く同情する。

花精族の少女は、俺たちの拠点の周りを何やら嗅ぎ回っているようだった。

俺は彼女よりも精度の高い消音の歩法によって背後から彼女に忍び寄る。

「！」

音は完全に消したにもかかわらず、間合いまで後一歩というところで俺の存在に気づいたように彼女は素早く振り返る。

「っ、ぁぐ」

しかし、気づくのが余りにも遅かった。

俺は彼女をうつ伏せに地面に押し倒した後に、上から手綱のように首にワイヤーを引っ掛ける。このワイヤーは設置されていた罠から回収したものだ。

「動くな。気も纏うな」

そのままワイヤーを握る手を交差させれば、彼女の首にワイヤーが食い込む。

本気で力を込めれば彼女の首は簡単に落ちる。

「……少しでも動けば、この首が落ちるのは分かるよね」

彼女はその瞬間にピタリと動きを止める。

そうだよな、死にたくないよな、気持ちはよく分かる。

「君が動かして良いのは、喉だけだよ……返事は？」

「う……はい」

立場を弁《わきま》えた返事ができるのは大変偉いな、子供とはかくあるべし、だ。

「目的は、竜人であってる？」

「……はい」

彼女の平坦《へいたん》な声色からは、その答えが真実かどうか、判断が難しい。

彼女は子供達の中でもこの組織らしい性格を獲得している少女だ。

立ち居振る舞いはシスターから人間性の強い部分を取り除いた絞りカスのようだ。簡単に言えば信心深い。

さらに言えば彼女は竜人娘を襲撃した中の一人でもある。

警戒せざるを得ない。殺すか？

「っ……わたくしは交渉をしにきました」

俺の殺気を読み取ったように、彼女は口を開く。

俺の不意打ちにギリギリで気づいたのと言い、彼女は妙に勘が良い。

以前にコンジが言っていたように花精族には人の心を読み取る特性があって、それで俺の殺意に気付いたのだろうか。彼女が年の割に抜きん出て賢《さか》しらなのもその特性の影響かもしれない。

「交渉？　どんな？」

「ごうまんな竜人を殺す交渉です。彼もそれを望んでいる。そしてあなたも」

　こいつ、何も分かっていないいな。

「あなたが、いつもあの竜人に対して殺意を抱いているのは分かっています。大丈夫です。あなたは一人ではなく、わたし達にも大いなる力が味方についている」

『大いなる力』とはシスターのことだろう。

　そして彼女が俺から読み取った殺意は、俺ではない俺、体の持ち主のものだろう。

　以前にコンジが、花精族の特性が表層を読み取るだけ、と言った意味も腑《ふ》に落ちる。湖面に広がる波紋から投げ込まれた石の大きさを知ることはできても投げ込まれた石の色を知ることはできない。

　彼女は俺の感情の源泉を測ることはできないのだ。

　彼女は狂おしい羨望の先にある嫉妬を知らない。だからこそ、自分の中で最も近い感情である『殺意』をそこに当て嵌《は》めた。

　目的は分かった。彼女が来たのはその特性が交渉において有利に働くと考えたからか。

　一人で来たのは警戒させないため、そして俺が交渉できる存在であると彼女が確信を抱いていたからだろう。俺と彼女は敵対している。この訓練の後も同じように彼女たちが俺達を襲撃する可能性があり、現在は殺しても問題の無いタイミングである。

だから、これは殺す。

それはもう決めた。ならば後はどうやるか。

生き残るために、手のひらの上にある命を有効活用する。

骨の髄、魂の髄まで啜《すす》り尽くして己の糧にしよう。

これは目の前に盛られた料理を残さず平らげる和の心、いわゆる『もったいない』精神から来るものだろう。きっと、そうに違いない。

花精族の特性は酷く厄介だ。不意打ちが通じづらくなる。

そして、俺には花精族の血が流れているらしい。これまでも無意識下で行使していた可能性はある。

俺はそれが欲しい。

ナイフを彼女の足首に向かって振る。

「ンッゥ！！！」

アキレス腱《けん》が断たれる。

暴れる彼女の手首をワイヤーで縛り付けた。これでごく一部を除いた子供は無力化できる。

その体を何度もナイフで薄く切り刻んだ。

既に彼女の瞳には涙が浮かんでいる。抱く感情は恐怖と怒り、だろうか。

彼女は身を捩《よじ》りながら、俺から逃げようと芋虫のようにもがいている。

彼女の絶望を煽《あお》るように、俺はナイフをプラプラと揺らしながら半笑いを浮かべる。時折ピエロを思わせるようなコミカルなステップを踏んで見せる。

「ひぃ」

「ふんふ～ん、ふふ～ん♪」

同時に鼻歌を聞かせるパフォーマンスを行う。別に楽しくはないが、感情を読み取る練習をするなら、初めはなるべく強い感情が良いだろう。

彼女の尊厳が塵《ちり》になる前に、俺が『読み取り』を習得することを願っていて欲しい。

俺も精一杯、頑張るので。

「あ……あぁ」

俺はナイフを振り上げた――。

◆◆◆◆

森の中に〈狼《おおかみ》〉が増えてきた。

以前に見たものと同じく風を纏うタイプの〈狼〉が一番多く、次いで雷をまとったり、筋肉ダルマな〈狼〉も見かけたが、影を操る『影狼』はあれ一匹だった。

明らかに元からいたとは思えないほどの密度だ。

にもかかわらず俺が竜人娘に頼らずに対処できているのは、彼らが集団で行動していることが少ないからだ。

おそらく、彼らは元いた群れから離されてこの場に強引に放たれている。

師範達《たち》の仕業であることは想像に難くない。

そして、〈狼〉達の特殊能力はやはり個体によって幅が大きい。

同じ風を操るタイプでも、加速の際に風で後押しするものや、トップスピードでの風の抵抗を打ち消すものなど、細かな扱い方が違った。

それらよりも俺を苦しめたのは、意外なことに俺よりも小さな魚に過ぎない〈鮭《さけ》〉だった。

以前に遭遇したのは水を噴射して加速を得る〈鮭〉だったが、その時は雷を纏っていた。

いつものように水面で気配を消して立っていたら突然電撃を喰《く》らってしまい、気を纏っていない無防備な肉体は簡単に麻痺《まひ》して、そのまま溺れかけた。

あの時は酷く焦った。

「ガウルルルルゥ！！」

「シィッ」

〈狼〉の癖に猪《いのしし》のように真《ま》っ直《す》ぐに突っ込んでくる鼻先を、ヒラリとかわしながら刃先で表面をなぞる。

相対するのは筋肉タイプの〈狼〉だ。

これの厄介なところは躱《かわ》す際に深く刃を入れようとすると、分厚い筋肉によってナイフを持っていかれてしまうところだ。対処方法は刃先を浅く入れることだ。

必然的に、こいつらとの戦いは持久戦になる。

だが、彼らの筋肉も持久戦には向かないので、最後は疲れ切ってフラフラのところに脳天への一撃を加えて終わることが多い。

目の前の〈狼〉からも焦りの色が見える。

無事に覚醒した花精族の特性は人間以外にも有効だった。

使えるようになって気づいたが、俺は無意識にこの特性を使っているようだった。その最たるところが竜人娘に対してである。俺が彼女の心情を察するのが妙に上手《うま》かったのも、この特性のお陰だったようである。

特性の自覚に貢献した花精族の少女には感謝しなければならない。

五体満足とはいかなかったが、あと一体というところで目覚めることができたのは、彼女にとって不幸中の幸いだろう。

俺は現実から目を背けながら、動きの鈍った〈狼〉の眼球に竹の針を突き刺す。

同時にサンダルの裏で針を押し込むと、〈狼〉はビクンと身を跳ねさせてくずおれた。

あれから、子供達から襲撃や偵察が行われることは減っていた。

おそらく警戒はしているだろうが、こちらからは何もアクションは無い上に〈狼〉の数が増えてきたせいでそれどころではないのだろう。〈狼〉が増えてきた弊害の一つに、〈兎《うさぎ》〉の数が減ってきたことが挙げられる。

俺たちの食卓には〈兎〉が出てくる頻度が減って、代わりに〈狼〉の数が増えた。

狼・兎間の交換レートは狼安に傾いたことで、〈兎〉よりも〈狼〉を仕留めるのが得意な竜人娘は少し不満そうだった。特性による向き不向きにより、彼女とは逆に俺は兎を見つけるのが得意だったので、食卓パワーバランスは俺のほうに傾いた。

『筋肉狼』を引きずって持って帰ろうとしたところで、遠巻きに『風狼』がこちらを見ているのが分かる。

数日前から『風狼』が俺を監視しているのに気づいた。

『風狼』は俺に襲いかかるわけでもなく、隙を見せても攻撃してくることは無い。

しかし、こちらが追いかけるような素振りを見せれば、能力を活《い》かして瞬時に撤退する。

そして、俺を監視する『風狼』は一匹ではなく、日替わりで監視を行っている。

つまり、彼らは組織だって動いているのだ。

この辺りで〈狼〉を率いる個体など俺は一匹を除いて知らない。

間違いなく『影狼』が彼らを動かしている。それも、大人が新たに追加した〈狼〉を群れに吸収して。

今夜は新月、月の昇らない夜だ。以前のように月明かりによって逃れるなんて幸運は巡って来ない。

『影狼』が襲撃してくるとしたら、今日だろう。

◇◇◇◇

恵まれた巨軀《きょく》と、それに反した敏捷性《びんしょうせい》、そして人間の器用さ。

物理的なアドバンテージをこれでもかと注ぎ込んだような虎人族の少年、トラは仲間を率いて森の中を歩いていた。

実際に先頭を歩いているのは土精族《ノーム》のチビと名付けられた少年。

森の中には拠点周囲程ではないが罠《わな》がちりばめられている。それらを一切のミスなく発見できると、トラが信用しているのは彼だけだった。

そして、『操気訓練』において優等を取り続ける、森人族《エルフ》のモンク。

トラほどではないが、体格に似合わず力に優れる、鬼人族のオグ。

最後の一人は、特徴を持たない人族の少女で、エンと呼ばれていた。

彼女は身体能力も、技術においても平均程度だが、代わりに目端が利く。

何かに特化している訳ではないが、不得意なことも無い。

そんな彼女は戦いにおいては遊撃を担当し、それ以外においては雑用を担当している。

中庸な性質を持つ人族らしい立ち位置を担当していた。

虎人族のトラ。

土精族《ノーム》のチビ。

森人族《エルフ》のモンク。

鬼人族のオグ。

人族のエン。

この五人がトラが選んだ精鋭パーティだった。

ＲＰＧゲームであれば、全員盗賊《シーフ》というアンバランスという言葉では収まらない程に偏ったパーティだが、能力値だけで考えればバランスは取れていると言える。少なくともトラはそう自負していた。

「……トラ、くるぞ」

「かまえろ」

チビの索敵に、大きな生物が引っ掛かる。

「グルゥ」

茂みの中からヌッと現れたのは、『筋肉狼』。ここ数日で何度も見かけたタイプだ。

肥大化した体軀《たいく》は酷《ひど》く威圧的であるにもかかわらず、彼らはそれを見た瞬間に警戒を一段階下げる。

なぜならば、『筋肉狼』相手にはトラが相性が良いからだ。

トラが彼らよりも一歩前に出ながら、ナイフを鞘《さや》に戻す。

「ハハ、カモが来たな。オレが止める!」

「ガアアアア!!」

『筋肉狼』が速度を加えた突進をトラは肩からぶつかり受け止める。

一人と一匹は肩で肩を押し合いながらその場で留《とど》まる。

不思議な事に『筋肉狼』はこの状態で嚙《か》み付いてくる事は無い。

そして、彼らは自分の力に自信があるのかタックルでの組み合いを止めることも無い。

脳まで筋肉に侵された〈狼〉は退《ひ》くことを知らないのだろうと彼らは勝手に思っている。

そして、組み合っているところに森人族《エルフ》のモンクが延髄へと、刃先を突き込んだ。僅かに発光する彼のナイフは筋肉の防壁を簡単に突破して首の神経を絶った。

「ガウッ！……ゥ」

『筋肉狼』は、話が違うとばかりに一度吠《ほ》えた後に小さく呻《うめ》いて倒れた。

「フン、デカ狼はチョロいな。チビ、エン、それの肉を取れ」

「わかった」

「了解」

「オグ。お前は仕事してねぇから、運ぶぐらいはしろよ？」

「あぁ、わかってる」

トラは彼らの返事を聞いて頷《うなず》くと、モンクの持つナイフへと一瞬目を向けた。

彼の仙器化の技量は、他の子供達を圧倒している。

他の子供達が一時間近く掛けて行う付与を、彼は一息に行うことができる。それも、通常は半分の確率で失敗するような難易度のものでも彼は失敗することは無かった。

そんな彼が本気で行った付与が一体どんなものであるか、トラに問いかけられたモンクは曖昧にはぐらかしている。

もちろん、それが発光するだけではないと想像は付く。

仲間であるなら問い詰める必要はないと思うが、トラの下位互換であるオグや、直接的な戦闘を得意としないチビと違い、モンクは気術においてトラよりも明確に上だ。『戦闘訓練』においても勝ちはするが負けることもある。

それはモンクがトラを殺しうる可能性があるということ。

トラは密《ひそ》かにモンクを警戒していた。


肉を背負ったトラ達が子供達の下へと凱旋《がいせん》する。

現在の状況では、〈狼〉を相手にできる子供だけが外に出ることができる。

彼らに見つからないように木の実を摘んで帰ってくるくらいなら出来るものもいるが、〈狼〉を相手に不意打ちならともかく正面戦闘の危険を冒すのは難しく、拠点から出る子供の数は減っていた。

「帰ったぞ」

「デカ狼だ！　さすがトラだ。今日も大物だ！」

「すげー」

拠点にいる全ての子供がトラへ向かって好意的な視線を向ける。

それが彼の自尊心を満たす。

ハグレ者が出て行ったことで、実力、カリスマ共に彼はこの場で頂点となった。

しかし、今はトラを持ち上げる彼らも、トラが一つでもしくじれば、見向きもしなくなるだろう。

それでも良い。この瞬間、自身が王である事に変わりはないから。

　トラ達《たち》精鋭チームは、他の子供達よりも一段高い場所で〈狼《おおかみ》〉の中でも柔らかい肉を食べた。

「おい、そこの」

「わ、わたし？」

　トラが顎で指名したのは容姿に優れた風精族の少女。

　儚《はかな》げな見た目は庇護《ひご》欲をそそる。

「オレを笑わせてみせろよ」

「……わ、わかったわ……よ」

　トラの無茶振りにも彼らは逆らう事はしない。

　彼は風精族の少女が見せる拙い踊りを見て、手を叩《たた》いて笑う。これまで、戦い、蹴落とし合うしか知らなかったトラ達は、食事か誰かの無様を笑うことしか娯楽を知らなかった。

　きっと、この時のトラはこれが訓練の途中であることを忘れていた。


　そして、その日の夜。彼らの拠点は炎に包まれた。

――四章『蛇と狼の舞踏』

五章

先ほどまでホーホーと梟《ふくろう》が鳴いていた所に、〈狼〉の遠吠《とおぼ》えが鼓膜を叩き、微睡《まどろ》んでいた俺の意識は急激に覚醒する。

ついに『影狼』が動き出したのだ。


目を開けた俺は、跳ねるように起きて森の奥を睨《にら》む。

遠吠えは、ここよりも遠く、元拠点の方向から響いてきた。

煙が赤く照らされながら立ち上っている。雷を纏《まと》う〈狼〉を使ったのか炎を吐く〈狼〉がいたのか分からないが、火事を引き起こしたようだ。

「……何が、狙いだ」

〈狼〉の声に交じって高い悲鳴が聞こえてくる。

間違いなく、『影狼』は子供達へと群れを差し向けた。俺を狙っていると感じたのは勘違いで、ただ単に俺が子供達への襲撃の邪魔をしないように監視していただけなのか……。

俺が僅かな安堵《あんど》を抱いていると、子供達の悲鳴が段々とこちらに近づいて来た。

「まさか……子供を使ってこの拠点の罠を解除させるつもりか」

直接こちらに炎を起こさないのは、『影狼』の能力に干渉させないようにするため。

やがて炎と〈狼〉の群れに追い立てられた子供たちが、拠点周辺の罠の防壁に踏み入った事で、カラカラと鳴子が音を響かせる。

焦る俺の視界の端で大きな尻尾がゆらりと持ち上がる。

眠気と苛立《いらだ》ちを孕《はら》んだ金の目がゆっくりと開かれる。

「ころす」

殺意を込めた一言と共に、一瞬で濃密な気が周囲の空間を押し流すように放たれる。

微睡みを妨害されたことが彼女の機嫌をそこまで害したのだろうか。

「お――」

彼女は地面を全力で蹴った。

襲撃者が子供ではなく〈狼〉であることを伝えようとしたが砲弾のような初速で放たれた彼女に、俺の声は追いつけなかった。

『ギャン』

『ガォッ』

遅れて届いた獣の悲鳴により、俺の心配が杞憂《きゆう》であった事はわかったが、俺が最も頼りにしている戦力が消えたのはキツいな。

消えかけていた焚《た》き火《び》の中から薪を取り出し、用意していた松明《たいまつ》もどきに炎を移す。

簡易的な『影狼』対策だ。影の攻撃はかなり手強《てごわ》い割に対策はそれほど難しくない。

俺は服に縫い付けたフックに千枚通しを引っ掛けて、迎撃の準備を整える。

流石《さすが》に森を焼くほどの火力は出せないが、拠点内部に用意していたもの全てに光を灯《とも》せば、影が這《は》い寄る隙も無くなる。さらに拠点の中にはワイヤーをできるだけ張り巡らせている。その一部は竜人娘によって先程引きちぎられたが、大部分は残ったままになっていた。

「グルウウウウウ!!」

「ウウウゥ！」

「来たかっ！……なんだ?」

完全な迎撃態勢で、〈狼〉共を待ち構えていると、拠点内に四匹の『風狼』が飛び込んで来た。それだけでも脅威だが、違和感を覚えたのは、『風狼』たちが口に何かを咥《くわ》えていたこと。

〈狼〉たちが咥えて持って来たのは人間ではない。もしそうだったらこれ程に嫌な予感はしない。俺は〈狼〉達に向かってナイフを振るう。

彼らは俺からナイフを受けても構わずに、拠点に向かってポイとそれを投げ捨てると、松明の目の前にポトリと落ちた。

地面に頭をぶつけて意識を取り戻したそれ、〈鮭《さけ》〉は、ピチピチとその場で跳ねた後、急激に水を周囲に撒《ま》き散らした。

水の代わりに水を吐き出す生き物を持って来たのか。つまり、この狼達の狙いは消火して灯を奪うことか。

「なんて頭の回るッ」

狼の皮を被《かぶ》った人間が彼らを指揮しているとしか思えないほどに、狡猾《こうかつ》で悪辣な策の巡らせ方に、思わず悪態を吐《つ》く。

水浸しになった拠点内部で松明が火を灯し続ける事は叶《かな》わず、明かりを失った拠点に夜が侵略する。

二匹の『風狼』を失った彼らは、俺へと敵討ちをする事なく、森の中へ姿を消す。


「グルヴ」

悲鳴の中にあって一際低い唸《うな》り声《ごえ》が耳に届いた。薄暗がりの中でそれよりも黒い何かが持ち上がるのが見えた。地面を横向きに蹴る。

「来たな」

地面が鋭利な断面で切断されている。

第三の目《ピット器官》のお陰で暗がりでも、影の動きを捉えることができた。不自然なまでに熱が浮いて見えるのだ。なるほど、どうやら光を奪われたからといって為《な》す術《すべ》無しという訳ではなかったらしい。

しかし、以前と同じくこちらから相手の姿は見えていない。

情報のアドバンテージを取られた上にあちらはどこからでも攻撃ができる能力を持っている。

察知した気の塊に向かって竹針を投げつけるが、空を貫いて地面に刺さるだけだ。

おそらく、敵は影を操る能力を使って自分の姿を覆い隠している。

そして気の探知に集中したとしても、気によって影が操られているせいで、『影狼』本体だけを探るのは難しい。

あとは怪しいところを虱潰《しらみつぶ》しに探していくしか無い。

生い茂る木を足場に、森の中を縦横無尽に駆け続ける。

「害獣め、少しは遠慮しろ」

俺が足場にする木を片っ端から切り刻んでいく『影狼』。

なるべく拠点周りで大きな円を描きながら逃げ回る。

途中、うざったらしいくらいに濃い恐怖の色を感じ取ったが、この近くまで追い立てられた子供達のものだろう。

それか、俺が降り立った木の枝に止まっていた憐《あわ》れな梟のものだろうか。

さらに激しくなった攻撃を木から落ちるようにして躱《かわ》す。

空中にいる俺は気の探知だけに意識を注ぎながら、地面から伸びる黒い槍《やり》をナイフの側面でいなす。

空中にいるところを狙い撃ちしてきたみたいだが、俺は常に尻尾が地面に届くギリギリの位置を保っている。たとえ空中にいても体を少しずらすくらいならできる。

そして、『影狼』はまた大きな木を切り倒す。

もうそろそろ良いだろう。

「考えなしに攻撃し過ぎたな」

たとえ、奴《やつ》がどれだけ影を伸ばせる能力を持っていたとしても、伸ばすときは同心円状に飛ばすのが一番簡単だ。

俺が一ヶ所に止《とど》まっていた時は、囲むように全方位から攻撃が飛んできたが、逃げ続ける俺を攻撃する時はある一点から伸びてくるものばかりだった。

あとは、先ほどから続けている気の探知によって得た情報を組み合わせれば、『影狼』の影を捕捉できた。

俺は放出する気の量を増やして、直角に曲がり急激に速度を上げる。

『影狼』は迎え撃つように、棘《とげ》を地面から伸ばして妨害する。

「ぐ、ぅ」

思いの外速度が乗っていたために、避ける姿勢が崩れる。

ナイフで触れた感触ではかなり硬かったが、一本であれば斬れないほどではない。

シスターから教わった気の集中だ。

全体をぼんやりと強化するのではなく、必要な箇所に線を通すように明確に力を与えるイメージ。

「ハッ!!」

押し負けた棘の先が切り飛ばされて、空気に溶けるように消えた。

ついでのように左右から飛んでくる棘を速度を上げる事でかわし、暗闇の中にある小さな影、その脳天にナイフを刺した。

俺の速度に押し負けて、地面を削りながら後退した後、力を失って倒れ込む。

狼《おおかみ》に抱きつくように突進した姿勢を解いて、ナイフを抜こうと力を込めるが、なかなか抜けない。

「ふぅ、よし」

俺は足で狼の頭を押しながら両手をナイフの柄に置いて引っ張り出そうとする。

これで、抜け……抜け……抜けない。

「硬いな……っ!」

遂《つい》には気を纏って抜こうとした時、先ほどのは何だったんだと言わんばかりに簡単に抜けた。

そして『影狼』を覆う影が消えて、その下にある普通の狼の死体が……。

「な、い……っ!!」

その瞬間、俺の全方位から森が消える。

影の顎が完全に俺を包んだ。


死体は偽物。そして俺は奴に誘い込まれたのだ。

逃げ場は、無い。

「あああああああああああああああ!!!」

これまでの訓練はなんだったんだとなる位に無茶苦茶な軌道でナイフを振る。

後先を考えずに最大量まで放出した気を全身に纏う。

死に瀕《ひん》して、達人の刃は研ぎ澄まされるというらしいが、絶対にそんなことは無い。


死にたくない。

ただ死ぬのが怖い。

「あああああああああああああ!!!」

死にたくない、死にたくない。

「あああああああああアアアア！！」

死にたくない、死にたくない死にたくない死にたくない死にたくない死にたくない死にたくない死にたくない死にたくない死にたくない死にたくない死にたくない死にたくない死にたくない死にたくない死にたくない。


斬って、避けて、しゃがんで、避けて、飛んで、避けて、受けて、避けて、見て、避けて、また斬って、避ける。

瞬《まばた》きさえ退屈に感じるほど引き延ばされた時間の中で最適解を選び取り続ける。それでも皮膚は裂かれ、肉は斬られる。

「ハァッ、ア……ぁ」

影の顎を破って、外に逃れる頃には、俺の体はズタズタになっていた。


「ヴヴヴゥ」

森の中から響く唸り声と共に、影の顎が地面に消える。影の顎は連続で放つことはできないらしい。あれだけの量の影を動かすのは消耗が大きいのだろう。

「……グルヴ！」

そして再び影から棘が飛び出して、俺に迫る。

「クッソ、ォ」

片足を引き摺《ず》りながら地面に飛び込んで、ゴロゴロと転がりながら影の棘を避ける。

影の顎を解除してから、再び棘を放つまでに妙な間があった。

まるで奴は死んだと思っていたら実は生きていて、焦って追撃を加えたように見えた。

何故《なぜ》か。俺の位置は奴から見て影の顎の死角になっていたのだ。

死角が存在するということは、やはり『影狼』は視覚によってこちらの位置を特定している。

気による探知もそれほど精度は高くない。

だからこそ、俺は戦場の中心で動きを止めていたデコイに意識を取られた。

地面から飛び跳ねると先程まで頭が転がっていた位置に棘が深く刺さる。

この戦場では俺の偏見、固定観念のことごとく裏をかくような事ばかりが起こる。

初めから俺を狙うと思っていれば、先に子供達《たち》の方の拠点が襲われた。

水は持って来られないだろうと松明《たいまつ》を燃やせば、水を操る魚を持って来た。

『影狼』の位置を探れば、それは偽物だった。

突然現れた影と狼を率いる存在。

それの姿を見る事すら俺は出来ていない。

影は視覚によって操られている。

だから奴はここにいる。

なのに狼の姿をしたものは偽物だった。


——あれ、そもそも。


「グルルルル」

森から響く、この声は本当に狼のものか？

気の知覚を閉じる。

代わりに開いたのは第三の目《ピット器官》。

纏《まと》う気の密度を上げて、ひたすら高く三角飛び。

「ハハッ!!」

これ程に全力で高く飛んだのは初めてだった。木二、三本分の高さでも空は高く感じるものだ。

バック宙のように一回転して体を反らすと、地面を見下ろした。

少し遠くには凄《すさ》まじい速さで森を駆ける人型、竜人娘だろう。

そして彼女に追い立てられる〈狼〉。

そんな〈狼〉に追い立てられる子供達の中でも非力な集団。

一部の子どもは集団で背中を合わせてそれらと同等以上に渡り合うか、上手《うま》く隠れている。

彼らは案外逞《たくま》しいらしい。

成長している彼らが少し眩《まぶ》しくもある。

視線を真下に戻し、温度を発する物の位置を徹底的に脳に叩《たた》き込む。意味を考えるのは後でいい。

足跡、松明、焚《た》き火《び》、呼吸、紛れ込んだ子ども、足跡、炎のナイフ、足跡、鼠《ねずみ》、兎《うさぎ》、狼——。

「っ」

地面に両足を揃《そろ》えて着地。

叩き込んだ位置関係と、森の木の生え方から、こちらを攻撃するのに最も良い場所は。

「ここ、か」

「グルグルゥ」

『影狼』の影、本体を俺は捕まえた。

「肉食《にくしょく》って、事しか、合ってないな」

おかしかったのだ。
思えば小鳥の姿さえ見たことが無かったこの森で、今日になって梟の姿を見つけた事も
低い声で鳴く『影狼』、いや〈梟《ふくろう》〉。
「ウウヴウヴヴ」

それにしても、鳥類の癖に随分と勇ましい声を出すものだ。

牙や爪などの物理攻撃を叩き込むことが無かったのも正体を見破られる可能性を危惧してのものか。

松明への対処が出来たのも、あらかじめ拠点の中を覗《のぞ》いて、俺がどのような対策を考えているか知っていたからか。

そして、相手がこちらの全てを見透かしているように感じたのは、実際に見えていたからか。


それにしても。

「グルルル！」

鳴き声が余りにも狼過ぎる。

『影狼』改め、『影梟』の反応を一頻《ひとしき》り観察していたが、〈梟〉の一鳴きと共に視界の隅で影が動くのが見えた瞬間に、その首を切り落とした。

側頭部の寸前まで迫った棘は制御していた〈梟〉が死んだことによって、端から消えて

いく。

本当に最期までヒヤリとさせてくる。

「全く、死ぬかと思った」

俺は影の顎に食われかけた時の取り乱しようを打ち消すべく、わざとらしく平静を装った。

◇◇◇◇

「ハッ……ハッ……ハッ……ハァッ」

月明かりも一切無い暗がりの中を少女は駆け抜ける。

数分前までは拠点で安心して眠っていた彼女は、突然発生した火事の光と熱で叩き起こされた。

さらに外からは夥《おびただ》しい数の〈狼〉の声。

焼け落ちたことで無効化された罠《わな》を潜《くぐ》り抜けて入り込んできたのだ。

子供達は散り散りになりながら逃げる。

腐っても訓練を受けた彼らは竦《すく》んで動けなくなる事は無いものの、リスクを冒して立ち向かう勇気のあるものは僅かしか居なかった。

「……っ」

彼女の長い耳が、側面に現れた〈狼《おおかみ》〉の足音を拾い上げる。

森人族《エルフ》と勘違いされる程に似ている容姿だが、彼女は風精族だった。その力を使ってある程度の距離を動き回る存在が空気を掻《か》き乱すのを彼女の耳は拾い上げることができるのだ。

彼女が追われながらも〈狼〉に捕捉されないでいたのは、その能力によって相手よりも早く接敵に気づくことができたからだろう。

「……アっ！」

暗闇で見落とした木の根に足を引っ掛ける。

彼女の能力は地形を把握できる程には熟練していなかったらしい。

僅かに漏れた悲鳴を、〈狼〉達は敏感に聞き取った。

これまではバラバラに周囲を駆けていた〈狼〉達の方向が、自分を囲んでグルグルと距離を詰めてくる。

「〜〜〜〜ッ」

咄嗟《とっさ》に口を押さえて悲鳴を押し殺すが、もう遅い。

「グルルルル」

茂みからヨダレを垂れ流しながら〈狼〉が現れた。

「グルルル」

「ウウウゥ」

それが追加でもう二匹。

彼女はカタカタと震える手を押さえながら、鞘《さや》から抜き放ったナイフをゆっくりと持ち上げた。

「フーッ、フーッ、フーッ」

自身を鼓舞するように息を荒らげる。

隙を突かれないように、右に左に回転しながら切っ先を向けて牽制《けんせい》する。〈狼〉達は円を描くように歩きながら、包囲を小さくしていく。〈狼〉達は彼女の周りを回っている間も、姿勢は低く、視線は彼女から離れる事は無い。

ジリジリと距離が詰まり、その瞬間、彼女が背を向けていた〈狼〉の一匹が飛びかかる。

「ガァアアアアア!!」

「っはぁ!」

間一髪、〈狼〉の牙をナイフで受け止めた彼女は、そのまま反撃を与えようとしたが、力が抜けて地面に倒れ込んだ。

彼女が拠点の外に出て積極的に〈狼〉と戦っていたならば、それが『雷狼』によって引き起こされる症状であることに気付いていたかもしれない。

僅かに顔が傷付いた『雷狼』は苛立《いらだ》たしげに唸《うな》り、彼女の頭を噛《か》み砕こうと小さな頭部の前で口を開いて牙を乗せる。

「ぁ、ぁあ」

視界の左右から鋭い牙が迫り、彼女は自身の命の終わりを察する。


怖い、怖い。

死にたくない。

まだなにも知らない。

まだなにも見ていない。

この世界にある幸せを知らない。

この世界にはこの程度の不幸などありふれているのだろう。

それでも、その苦しみさえもまだ、知らない。


——生き、たい。


「だれか、たす、け」

「——グル？」

〈狼〉の顎の動きが止まる。

三匹とも、落ち着きなく周囲を見回す。

〈狼〉よりも感度の高い聴力を持つ風精族の彼女は、ビリビリとした低い振動を捉えた。

〈狼〉は気のせいかと思い直して、再び少女へ向かって牙を剝《む》く。


「しね」


ぐちゃりと、粘着質な音を立てて一匹の〈狼〉の頭が踏み潰された。

ペンキを撒《ま》き散らしたように真っ赤になった地面の中心で、ゆらりと竜の尾が波打った。

上がった瞼《まぶた》の奥には闇の中でも光る金の瞳。縦に割れた瞳孔が〈狼〉達《たち》を塵芥《ちりあくた》のように無機質に睨《にら》みつける。


「ガァっ――」


仲間の死を理解した『雷狼』が、風精族の少女から口を離して、吠《ほ》えた瞬間、口より上が一刀の下に斬り飛ばされる。

同時に彼女の尋常ではない速度によって轢《ひ》かれたもう一匹の〈狼〉は木に背中を打ち付けて即死する。


「……」

彼女は一度、少女の方を見下ろしてから、その場を軽く蹴って走り去る。

二歩、三歩と地面に足を着く頃にはもう彼女の姿は見えなくなっていた。


頭部が消えた狼の頸部《けいぶ》から血が噴き出す。

「ぁ」

少女は頭から血の雨を被《かぶ》りながら、彼女が消えていった方を惚《ほう》けたように見つめ続ける。

「あぁ」

苛烈で鮮烈で、見惚《みと》れるように美しい、銀。

明かりのない暗闇の中でも、爛々《らんらん》と存在を主張した、金の瞳。

「かみさま」

キラキラとするものを少女は心に得た。

◆◆◆◆

「不味《まず》い」

状況ではなく、今食べている襲撃者の肉の話だ。

『影狼』改め『影梟』の襲撃の翌日。

拠点を失い散り散りになった子供達は、これまでの集団キャンプが終わり、本当の意味での『生存訓練』が始まった。

安全な場所、というのが完全に失われ、子供達は集まって再び拠点を築くか、それが出来ないものはただひたすらに隠れ潜み続けるか選択を迫られるだろう。

増えた〈狼〉のほとんどは昨夜の襲撃で竜人娘によって土に還《かえ》されたが、それでも訓練開始当初よりは多い。

ここで完全な個人行動を選ぶのはかなりの剛の者だろう。

俺もできれば他の子供を肉壁にできるように集団で行動したいのだが、不思議な事に俺は彼らに好かれていない。

もし集団に近づけば里に降りてきた熊のようにナイフを向けられることだろう。彼らがそんなに冷たい人間なのは、俺と違って『道徳』を履修していないからに違いない。

若者の道徳心を嘆きながら、再び〈梟〉の肉を囓《かじ》る。

そういえば、動物の死体からは瘴気《しょうき》が発生しないのか、と思うかもしれないが、動物でもしっかりと瘴気は出る。

しかし、それでも肉が食えるのは瘴気が出る部分を先に切り離しているからだ。

死んで瘴気が発生するのは、生きている時には気を生み出す部分、心臓の中からだ。

何度か抉《えぐ》り出した心臓で確認したが、死んだ直後は気を垂れ流しているもののしばらくしたら発生させるのが気から瘴気に切り替わる。

瘴気を発する心臓は灰になるまで燃やしたら、瘴気が止まった。

これは確認したところ人も動物も同じだった。

「ング」

それにしても不味い。

鳥の肉だから安易に旨《うま》いだろうと思っていたが、やはり肉食だと味が変わるのか。苦味を感じる訳ではないが、癖が強く人を選ぶ味だろう。

今日の食を確保できるかもわからない森の中では、食べられるものは無駄にしないのが鉄則だ。

きっと『影梟』も残さず食べてもらえて喜んでいることだろう。


腹ごしらえを終え、壊された箇所の修復でもしようかと拠点に向かうと、見覚えのある少女がその場を占拠していた。

ちなみに竜人娘ではない。

自然を思わせる緑の髪と瞳。

透明感のあるその容貌は、ずっと見ていたくなる程に幻想的だ。

彼女は俺と竜人娘がいつも食事をするときに座っている丸太に控え目に腰掛けながら、

こちらを見ている。

前世であれば、その美しさをもってアルファ個体となれただろう彼女も、力こそが権力のこの空間では軟弱なオメガ個体のスレスレの立場だった。彼女が力を得るとしても、それは子供達が異性を意識するようになってからだろう。

俺は彼女を無視して、拠点が昨夜の襲撃で〈狼〉に荒らされていないか確認していく。〈鮭《さけ》〉が暴れ回ったことで、寝床に敷いていた草が僅かに湿っているが取り替えれば使えるだろう。かまどモドキは崩れているが、元々石を組んだだけの簡素なものであるため、作り直すのに時間はかからない。むしろこの機会に本格的な土のかまどを……。

「ねぇ」

「……うん？」

俺は子供らしい外面を被る。

柔らかい口調、そして声が低くならないようにする。

彼女はモジモジと自身の両手を擦《こす》り合わせながら上目遣いで問いかけてくる。

「……あの子は？」

「あの子」

名前を持たない、というのはこういうところで不便だ。

彼女がわざわざ俺に問いかけてまで居場所を知りたい存在、というのに大体予想は付くが、念のためにピンと来ない、といった風を装って返答する。

「わかるでしょ？　竜人の子のこと。……ここにいないの？」

「あぁ。居ないみたいだ」

俺は少し面倒になって、適当に答える。

肉を食ったら、少し眠くなってきた。しかし、信用できない人間が目の前にいるこの状況で眠る訳にはいかない。

「君の目的を教えてくれ」

「……え、えっとぉ」

俺は端的に彼女の用件を問いかけるが、またモジモジと左右の指を胸の前で結んだり解いたりする。やがて、止まったかと思うと瞳に涙を滲《にじ》ませて恥ずかしそうにして服の裾を握りしめる。

「……えっと」

鬱陶しくて仕方が無い。

早くしてくれ。

「……その、ね？」

「……分かった、特に用は無いんだな。出てってくれ。ここは俺の拠点だ」

焦《じ》れた俺は彼女の背中をぐいと押して拠点から追い出そうとする。

「ち、ちがくて。あたし……」

「分かった分かった」

これで彼女にもう一度問い掛ければ、またモジモジして『えっとぉ』だの『そのぉ』だの繰り返すことになる。

彼女の暇つぶしに付き合う気は無い。

そう思いながら彼女を追い出していると、拠点の外から足音が近づいてくる。

絶対面倒なことになると、俺は溜《た》め息《いき》を吐《つ》いて彼女から離れる。

彼女はそれよりも早く足音に気付いていたようで、俺が離れるよりも前から黙り込んでいた。

茂みから現れたのは、銀髪に縦に裂けた瞳孔を持つ金の眼《め》。

手のひらを血に濡《ぬ》らした竜人娘が現れた。

「……」

彼女は拠点の内部に視線を飛ばす。

何度か視線を移して拠点の荒らされようを確認した後に、俺に咎《とが》めるように視線を向ける。

これは俺から謝るべきだろう。

「すまない」

「……チッ」

俺の殊勝な態度が逆に彼女の怒りを買ったらしい。

かと言ってこちらに怒りをぶつけて来ることはしない。

おそらく、拠点にまで攻め込まれたのは自身の不足でもあると考えたのだろう。不思議な所で自罰的な娘である。

拠点防衛、という観点において彼女は負けたと考えているのかもしれない。

そんな竜人娘は、拠点に潜り込んだもう一人の存在が空気であるかのようにその前を通り過ぎようとする。

「ぁ、ぁ、ぁ、あの!! あたしっ! あなたとともだち……ニッ」

その進路を塞いだエルフ少女は、竜人娘の太い尻尾によって転がってきた石ころが蹴り飛ばされる時のように弾《はじ》き飛んだ。

「お……ぇへ」

地面と何度も衝突した彼女は潰れたカエルのような声を出すと、ゆっくりと起き上がり、健気《けなげ》に笑みを浮かべる。

落下の瞬間に気を纏《まと》って防御をしていたのは流石《さすが》である。

そして、土の付いた顔にはにかんだ笑みを浮かべると、竜人娘に向かってにじり寄る。

「きゅうにごめんね。たすけてくれたおれいが言いた……グぅッ」

「じゃまだ」

次は上空へと打ち上げられるエルフ少女。

「おぅ。……う……え、えへ」

べちゃりと地面に叩《たた》きつけられた後、また媚《こ》びるような笑みを浮かべた。

どうやら彼女は昨夜の襲撃の際に幸運にも竜人娘に助けられたらしい。なるほど、竜人娘の力の庇護《ひご》を得たいということか。そんな甘い思いで近づけるほど簡単ではない。

きっとエルフ少女は諦めるか、そうでなくとも付き纏われることを不快に思った竜人娘によって折檻《せっかん》されるに違いない。

俺は彼女が直《す》ぐにいなくなるとタカを括《くく》って、食事のための獲物を集めることにした。〈狼《おおかみ》〉の居なくなったあたりを彷徨《さまよ》っていた〈兎《うさぎ》〉を手早く仕留めると、必要な資材を集めながら寄り道を繰り返しながら帰還する。

特に焚き火《たび》のために乾いた薪を集めるのに苦労した。

帰る頃には山となった薪を背負って歩く銅像のような状態になっていた。そして、途中では何度か生き残った子供達《たち》に遭遇する。

意外なことに死体は少ない。

死ぬ気になれば〈狼〉の一匹ぐらいは殺せる程度の実力は皆持っているのだろう。なんとなく『生存訓練』における師範達の思惑が見えてきた。

準備して、油断せず、躊躇《ちゅうちょ》せず、考えて動けばギリギリ生き残れる訓練ということだ。

流石に影臭は度が過ぎていたように思えるが、俺以外でも感覚に優れた者ならば気付くことはできただろう。


俺は竜人娘以外、誰一人居なくなっているだろう拠点を想像しながら、茂みを抜ける。

「――でね。そのときに、あたしをたべようとしたオオカミをころしたのがあなたなのぉ！」

「……」

竜人娘は保存していた分の肉を囓りながら、眠そうな目で森を眺めている。もはやその意識の中では隣の少女の存在は無いものになっているのだろう。

瞬《まばた》きを忘れて充血した目で竜人娘への称賛をペラペラと並べる彼女を見て、俺は天を仰いだ。

◆◆◆◆

「ネチネチ！」

深い森の中では空に日が昇っても、影がかかる。

俺が朝の食事をしていたところ、酷《ひど》く喧《やかま》しい声が横から響く。

「……俺のことかな？」

極めて穏やかな表情、穏やかな声色で羽ナシ羽虫に尋ね返す。

竜人娘の追っかけをしている彼女はエルフではなく、風精族らしい。本来であれば羽があるのだが、生まれてすぐに千切られて再生しないように焼かれたらしい。

だから羽ナシ羽虫。彼女のことはそう呼ぶと今そう決めた。

「そう、ネチネチ。いやらしい攻撃ばっかりするから、みんなそう呼んでるのよ」

「へぇ、初めて聞いた。ありがとね」

初めて聞いたというのは嘘《うそ》。ありがとうも嘘だ。

「あたしのことはウェンって呼んで……じゃなくて。あたしの分だけ少なくない？」

図々《ずうずう》しくも自分の呼び名だけは名乗る羽ナシ羽虫。

彼女が指差すのはスープの入った器。

俺の持っているものには野菜と肉から取った出汁《だし》が入っているが彼女のものにはスープが一滴も入っておらず。野菜を入れるときに取り除いたヘタが入っている。切り離されて時間が経《た》ったせいで、萎《しお》れてクタっとなっていた。

「だって、何も取ってきてないでしょ？」

「うん」

もしかしてこの羽虫はジッとしていれば飯が出てくるとでも思っているのか。

俺が取ってきた野菜や、竜人娘が狩ってきた肉を、俺が調理する。

量としては三人分を余裕を持って賄う事は出来るが、保存食にしたりも考えると、捨てるように与えるほど潤沢ではない。

ましてや、何の貢献もしない上にやかましいという、存在が公害の羽虫を養う余裕は無いのだ。

「自分で取ってきたら？」

「ぐぬぬ」

懇切丁寧に説明した上で、そう問いかけてあげれば、彼女は睨《にら》みつけながら唸《うな》るだけとなった。

威嚇しているつもりだろうか。俺の中の威嚇は馬乗りになって喉輪を喰《く》らわせるまでが最低なので、彼女のそれはただのにらめっこに等しい。

因《ちな》みに、馬乗り喉輪からごく至近距離で咆哮《ほうこう》を浴びせるか、そのまま気絶するまで喉を絞めるのが竜人娘の流儀《ドラゴンスタイル》だ。

しかし、唸り続ける彼女が面倒になったため、俺は彼女の器に一つ放り込んだ。

これで彼女の器には野菜のヘタが二つになった。

「う、うえ〜〜〜〜ん!!　ネチネチがぁ〜〜〜〜、いじわるする〜〜〜〜〜！」

大きく口を歪《ゆが》めて、泣き声を上げる彼女。

子供か、と思ったが、彼女は子供なのだと今更に思い出した。

「うわ〜〜ん、お姉さま〜〜」

誰だソイツはと思っていたら、彼女は竜人娘の方に走り寄っていく。

前は友達になりたいと言っていた筈《はず》だ。血縁まで捏造《ねつぞう》するのはさすがに欲張りすぎだろう。

「へぶっ……」

竜人娘の腹に抱きついた彼女の脳天に肘鉄が減《め》り込む。

ズルズルと地面に倒れ込む羽虫女。

力の抜けた体を竜人娘はペイッと横に投げて捨てる。

「すててこい」

コクリと頷《うなず》く。

俺としてもタダ飯喰らいの不快害虫に居て欲しい理由など無い。

しっかりと腹ごなしをした俺は、羽虫女を肩に担いで森に出た。

そして、一キロ程離れた川の近くの適当な木の枝に物を干すように胴体を引っかける。

「おぅ」

腹に体重が掛かったことで呻《うめ》き声《ごえ》が漏れる。

これでも起きないとなると寝込みを〈鴨《かも》〉に襲われるかもしれないな。

それならそれで別に良いと放置した。

そして、野草を摘みながらの帰り道の途中、『雷狼』に遭遇する。

彼らは電気を纏っているせいで、その場にいるだけでも空気の弾ける音がするから大変見つけやすい。

代わりに触れるだけで感電する、という厄介な性質を持っている。

「ヴヴウヴウウゥ」

速度も普通、力も普通、しかし触れると危険な『雷狼』は〈狼〉の中では今の所最も危険なタイプだ。

以前は頂点として『影狼』が居たわけだが、あれは〈狼〉ではないことが発覚したので考えない事にする。

感電は【充気《じゆうき》】によって防ぐ事は出来るが、少し疲れるので俺は別の方法にする。

「ガゥッ！」

「……シッ」

飛びかかって来た狼の顔を狙って、懐から取り出した竹の針を投げる。

眼球は避けたが頬のところに針が貫通し、『雷狼』はきゃんと子犬のような情けない声を上げながら頭を振った。

馬鹿の一つ覚えのように噛《か》み付いて来る『雷狼』に、再び針を投げつける。

しばらく繰り返せば、顔からサボテンのように針が生えた狼がトボトボと俺から逃げて行く。

俺は『雷狼』を追う事はしない。

もしも追いかけて『雷狼』が群れで待っていたりなどしたら、命に関わるからだ。

運が良ければそのまま脳まで針が刺さって殺せるが、今回は運が悪かったらしい。

幸い竹の針は腐るほどあるので、『雷狼』の撃退で収支はプラスと言える。

俺は血を滴らせながら去って行く〈狼〉の姿を見ながら、その能力について、考察を深める。

これまでは、気の性質の中に俺の知らない部分があり、それによって彼らが電気や風を操っているのだと考えていたが、それは早とちりだったのかもしれない。

改めて俺の持つ手札を見直す。

【放気《ほうき》】は気を放出する技術だ。気の操作技術の入り口であり、習得にかなり手間取ったのを覚えている。

【充気《じゅうき》】は放出した気を肉体の表面に纏う技術だ。【放気《ほうき》】の習得とほぼ変わらないタイミングで習得した。

他には、名前のついた技術ではないが気を抑えるのも俺は得意だ。

「後は仙器化か」

今知っている中では最も自由度が高く、俺が可能性を感じている技術だ。

「これか？」

仙器化は所謂《いわゆる》無機物に特定の効果を付与するだけのものだと思っていたが、俺は竜人娘の鱗《うろこ》にも仙器化を施すことができていた。

剝がした鱗が仙器化できて、剝がす前の鱗に仙器化ができない道理は無い。

「〈狼〉たちは自分の体を仙器化している……？」

そう考えると、彼らが多様な性質を持っている理由も納得が行く。

筋肉の発達した〈狼〉は筋肉への単純強化の付与。

『雷狼』は筋肉が発する電力を強化しているのだろう。

『風狼』は……納得できる理屈は考え付かないが、ナイフに発火を付与するのと似た感じだろうか。

俺は早速自身の体での仙器化を試そうとして、直前になって押し止《とど》まる。

仙器化に失敗した場合、器に使用したものは脆《もろ》くなって崩れ落ちる。

自身の体で失敗すれば、何が起こるか、深く考えなくとも分かるだろう。

この森に特殊能力を持たない〈狼《おおかみ》〉が存在しない理由をなんとなく察する。おそらく、能力を獲得したものだけが厳しいこの森の環境で生きていけるのだろう。

自身の体を秤《はかり》に掛けてそのリスクを取れるか。

俺はその場に佇《たたず》んで考え込む。

ここはいつ殺されるか分からない物騒な世界だ。

訓練の最中に死ぬこともありうるし、師範が心変わりして俺を殺しにくる可能性だってある。里の外に〈狼〉など比較にならない化け物が闊歩《かっぽ》していることだって考えられる。

無事に訓練を終えても、死ぬのと等しい命令を与えられる可能性だってある。

そうならないためには、誰よりも強く、突き抜けなければならない。

ならば、できる。この程度のリスクは受け入れる。

命を拾うために命を捨てる矛盾を呑《の》み込もう。

……しかし、今の段階で俺の技術が命を賭けるほど信頼できるか、と問われると少し怪しい。

ということで、俺はリスクを分割することを考えた。

俺は誰にも邪魔されない環境を作るために、まだ早い時間のうちに拠点に戻ることにした。

◆◆◆◆

「すぅ……ふぅ」

段々と呼吸の間隔が延びていく。

体の前面に回した尻尾。その鱗の内の一つに意識を集中させる。

硬く、ただ硬く。

俺を守れるくらいに硬く。

刃を弾《はじ》くくらいに硬く。

限界まで気を集中させながら、俺の意思によって集まった気を染め上げて行く。

やがて、成功した手応えと共に鱗が変質したのが分かった。

速度よりも精度重視で仙器化を行ったために、少し時間が掛かったようだ。

俺は懐から仙器化した針を取り出して、硬化を付与した鱗に突き刺すが、先端が折れ曲がったのを見て笑みを深める。

「よし」

こうして俺は肉体の仙器化、その第一歩に成功したのだった。

◆◆◆◆

「これでもんく無いでしょ？」

ウェンを名乗る羽虫女が差し出してきたのは、首を断たれた〈兎《うさぎ》〉の胴体だった。どうやら拠点から追い出されたのは食事を自身で用意しなかったからだと思っているようだ。

この女は竜人娘にちょっかいを出すから、この場に置きたくないというのが本音だ。

「……この拠点には来ないでくれ」

「――は？　なんでアンタが決めるの？」

端的に出入り禁止を告げた瞬間に、ウェンの瞳が闇を帯びる。

「君がいることがここの平穏を乱すからだよ」

「じゃあ、大人しくするからここにおいてよ。それでいいでしょ？　それとも、アンタがお姉さまをひとりじめしたいだけじゃないの？　ねぇ、そうでしょ！　アタシからお姉さまをとるつもりでしょ！　アンタだけがお姉さまとふたりきりになってアタシは一人でいろっていうんでしょゆるさないゆるさないゆるさないゆるさない」

目を見開きながら詰め寄ってくる彼女を引き剝がそうと肩を摑《つか》もうとするも彼女にその手を弾かれ、逆に肩を摑み返されて、激しい怒りを宿した瞳に覗《のぞ》き込まれた。

俺は腰のナイフの上へと手を滑らせながら、彼女の瞳を見返す。

「別に、許さなくても構わない」

「！　なにそれ。じぶんは好かれてるつもりなの、だからすきかってしてもおこられないつもりなんだ。ずるいずるいずるいずるいずるい」

据わった目で不満を垂れ流す羽虫女。

目の前の存在は俺を殺すつもりなのか、花精族の特性を使って深い激情の奥を見透かそうとするが、表面に見える嫉妬の色が強すぎて識別できない。

慎重を期して殺すか。

しかし、今回は蛇人族の少女の時や、花精族の少女の時と違い、正当性を主張できないところが問題である。

蛇人族の少女の時はそもそもナイフを刺された状態から始まった。

花精族の少女の時は竜人娘を殺すのに協力しなければ、敵対する状況だった。仮に協力しても竜人娘を殺すか殺されるか、間違いなく殺されていただろうが、どちらを殺すか、という選択を迫られた状況だったと言える。

しかし、目の前の羽虫女に関しては殺意を確信できていない。

師範達《たち》が俺達の行動を逐一観察しているのならば、この行動がどう評価されるか考えて動かなければならない。

「はぁ」

俺は竜人娘の周りをチョロチョロしていた彼女に対する俺の怒りを鎮めると、もう一度彼女にチャンスを与えることにした。

「彼女に不用意に近づかないと約束してくれ。君の行動を不快に思ってるみたいだ」

「……不快になんて、おもってない」

急に激情が消えて沈黙したかと思ったら、小さな声で反論してきた。

「少なくとも気絶した君を遠くに捨ててくるように言ったのは彼女だよ」

「!?」

誰だって、近くで付き纏《まと》われたら鬱陶しいに決まっている。

これは竜人娘が特別敏感という訳ではなく、俺も同じ気持ちになるだろう。

認め難い事実を突きつけられて彼女はガシガシと頭を掻《か》き毟《むし》る。

「～～～～っ！　なんで！　こんなにアタシは好きなのに!!」

果たして、自身の良くない行動を指摘されただけでここまで取り乱すのかと頭を捻《ひね》る。

前世であれば保育園か小学校に行っている年頃か。

俺の記憶は曖昧だが、知識としてその年頃の子供は衝動を制御しづらいものだと知っている。

……おかしいのはこちらか。

たとえ大人になることを強制されるこの環境においても、情動の部分は急速に成長させることは難しい。

　こういう子供を説得するには相手の理屈を用いるのが早い。

「俺は君が好きだけど、君は俺が好きではないよね？」

「……ぐすっ……うん」

　羽虫女の事など微塵《みじん》も好きではないが、喩《たと》えとしては分かりやすいだろう。

「お姉さま？　のことがどれだけ好きでも、相手が好きになってくれる訳じゃないってこと、分かる？」

「…………いやだ、わかんない」

「チッ」

　ふぅ、そうだよな。嫌いな奴《やつ》に諭されて、素直に頷《うなず》く者なんていないか。

　ナイフの刃に映った自身の顔を眺めながら、彼女をうまく説得する方法を考える。

　そもそも、なんで俺がこんなことをしなければいけないのか。

　彼女は竜人娘の自称妹なのだから、姉である竜人娘がどうにかしてくれれば良いのだ。

「分かった。とにかく彼女に抱きついたり、触ったりする時には本人に許可を貰《もら》ってからにしてくれ。そして、彼女の言うことには必ず従う事を約束してくれ。約束するなら、ここにいても良い。もし約束を破れば、ここから出て二度と近づかないことも約束してくれ」

「うん、わかった」

彼女は殆《ほとん》ど間を置かずに頷いてみせた。

……本当に分かって返事をしているのだろうか。

◆◆◆◆

拠点周辺に罠《わな》を仕掛けながら走り回っていると、子供の影が視界に過《よぎ》る。

俺は木の枝から降りると彼の対面から歩いて近づく。

「だれだ！」

その少年は、焚《た》き火《び》に手をかざしながら、体を縮こまらせていた。名前は知らないが見覚えはある。

耳は長いが、エルフっぽくはないので、何らかの精霊族なのだろう。

彼がその場から動かないのは寒さのせいかと思ったが、彼がその場から動けないでいるのはそれとは別の理由だろう。

俺の姿を認めた彼の赤い目が訝《いぶか》しげに歪《ゆが》められる。

「……ネチネチ」

その呼び名は定着しているのだろうか。

「そうだけど、お腹空《なかす》いてる？」

問いかけて直《す》ぐに、彼の腹が鳴る。恥ずかしそうにする彼を見て苦笑してみせると、俺は懐から干し肉を取り出した。

「これ、欲しい？」

「……ただ、じゃないよな」

勿論《もちろん》だ。

しかし、法外な対価を要求するつもりも無い。

「それを少し貸してくれるだけで良いよ」

俺が指差したのは、彼の持つナイフ。

彼が焚き火を着火するのに使用した、『発火』の仙器化が施された赤熱したナイフ。

天才的な気術の適性を持つモンクが片手間に作製したものだが、俺の施した切断強化の仙器ナイフよりも遥《はる》かに高度な技術が使われている。

認め難いものだが、たかが数十年の知識のアドバンテージは生まれて五、六年の天才に劣る。

俺にプライドは無い。

だからこそ、技術を模倣するのに躊躇《ためら》いも無い。

干し肉と引き換えに、受け取ったナイフをじっと眺める。

気の探知を限界まで狭めて、代わりに精度を上げる。

俺が持っているものとの違いを探る。深く深く……。

「なぁ」

付与に使われた気の量は、変わらないか。

僅かに刃の方に隔たって気が分布しているように感じる。

おそらく『発火』の仙器となっているのはナイフ全体ではなく、刃の部分だけだ。

なるほど、一つの物体でも一部だけを仙器とする事ができるのか。

今までの俺には全体を硬くしたり、鋭くしたりといった発想しか無かった。

子供の柔軟さはやはり大人の思考では真似《まね》できないな。俺が勝るのは忍耐ぐらいだろう。

「……もういいよな?」

意識を手元に集中させたまま、気を込めると刃先が燃え上がるように火を放つ。

気を注入した途端に異なる仙器に切り替わったような感覚。

「……ぁ」

漏れた吐息は、感嘆と絶望だ。

なまじ、仙器化を身に付けたからこそ理解した。

これはシスターが持っていた疲労のナイフと同質のものだ。

強く歯を食いしばる。

「まだか？」

「いや、もう良いよ。ありがとう」

彼に赤熱したナイフを返して、俺はトボトボとその場を離れて行く。

「はぁ、そっか……」

彼は呆《ほう》けた声を上げながら俺を見送る。


「フゥ……フゥ……フゥ」

息を荒らげながら、森の中を走る。

ナイフに付与された力は一種類ではなかった。

少なくとも三種類、三重の仙器化が施されていた。

一つ目は気を注入していない状態での『保温』。

あのナイフが大体いつも赤熱して見えたのは、温度を高いままで保つ効果が付与されていたのだ。

二つ目はナイフの中にある気を消費しての『発熱』。発火の正体はこの部分の効果だ。

三つ目は『条件変化』と呼べる効果だ。気を注入する、という条件を達成することで、あのナイフは『保温』のナイフから『発熱』のナイフへと変化する。

どうして『保温』と『発熱』を同時に発揮するナイフではなく『条件変化』を間に挟んだのだろうか。

別の効果を同時に二つ発現させるのが難しい？

ならば通常状態では『保温』と同時に『条件変化』が発現しているわけではないのか？

つくづく鱗《うろこ》の仙器化を先に施してしまったのが悔やまれる。

◆◆◆◆

次の日の朝。

朝日が瞼《まぶた》から透けて目に届き、意識が目覚め始める。

ぐぐ、と横になったまま伸びをすると、血流が頭に回って覚醒していく。

眠気に抗《あらが》って片目を開くと、新たに増えてしまった住人、ウェンの姿があった。

彼女から放たれる感情の色は強い嫉妬。

プルプルと震えながら唇を噛《か》んでいる。

「……あさから、物騒な顔をしないでくれ」

起き抜け特有の喉の嗄《か》れを抑えながら、彼女に苦情を述べると、ウェンは黙ったままある場所を指差す。

ああ、これのことか。

「爬虫類《はちゆうるい》の混ざった亜人は、体温を保つのが苦手なんだよ」

そう言って竜人娘と固く絡め合っていた尻尾を解く。

尻尾に外の空気が触れて一気に体が冷える。

俺のような蛇人族は、人間としての哺乳類の特性と蛇としての爬虫類の特性を併せ持っている代わりに、こういった弊害がある。

どうやら尻尾の部分は自分で発熱するのが苦手なようで、外気が冷えると直ぐに動きが鈍くなる。

胴体の部分は人間であるため、尻尾と胴体とを繋《つな》ぐ血管から尻尾へ熱を送ることができるのだが、人族と比べて余計な部位を温める必要があるので寒さに弱い。

だから動いていない間は熱を逃さないようにしていただけだ。

竜人娘も寒さを苦手とするらしく、俺と彼女の利害が一致した結果だ。

「ずるいずるいずるいずるい」

さらにウェンの嫉妬が濃くなり、憂鬱な気分に襲われる。

「あたしだけ、一人で、したで！　ねたのに！」

「この小さなベッドに三人は入らないよ」

「あたしの方がお姉さまをあたためられる」

「……俺の方がまだ信用できるんだよ」

「あたしのどこがしんよーできないのよ！」

ウェンは目が怖いのだ。竜人娘に話しかけている時は大抵目が血走っている。そして瞬《まばた》きの回数が極端に少なくなる。まるで宗教に熱中した親戚を見るような気持ちにさせられるのだ。

微睡《まどろ》みの中で子供特有の甲高い声を間近で聞かされたせいで、酷《ひど》く不機嫌な様子の竜人娘が片目を開ける。

のそりと起き上がると、右手で額を押さえながらこちらに鋭い視線を向ける。俺はなんとなく彼女の不機嫌を察して、その場から離れる事にした。

「お姉さまぁ。あたしも、お姉さまの尻尾温めても、良いですかぁ？」

「だまれ！」

「はいっ!!」

竜人娘の命令を聞いて、その場に座って嬉《うれ》しそうに彼女を見つめ続けるウェン。

その様子はまるで飼い主からのご褒美を楽しみにする犬のようだった。

「ヘッヘッヘッヘェ」

友達から妹に変わったかと思えば、今度は犬。

彼女が持つ、欲望への探究心に感心していると、竜人娘が猫のように背中を丸めて伸びをする。

そうして、また森での朝が始まる。

◆◆◆◆

どうやら俺達《たち》以外の子供達は、別の場所に拠点を作り、初めと同じく集団生活を始めたらしい。

しかし前とは違って罠の防壁が存在しないために、拠点には頻繁に〈狼《おおかみ》〉が襲いかかるようになっていた。

ただ、子供達も負けておらず、拠点を護《まも》るためにそのほとんどが戦闘に参加するようになった。

以前の『影梟』による襲撃によって、自分が戦える存在であると自覚することができたのだろう。〈狼〉の群れに追われた時に、わざと彼らの拠点の近くを通って押し付けてみたのだが、中々手際良く対処していた。

もちろん〈狼〉をけしかけたのは、トラやモンクなどの戦闘に優れた子供がいないタイミングを狙った。

特にトラは勘が良く、かなり遠くから見ているだけでもこちらに気づくし、モンクは気の探知によって俺の位置をどうやら把握していたりする。

気を完全にゼロにしなければ彼の感知から逃れる事は無理だろう。

そして彼らの中に加わった人族の少女も油断ならない相手だった。

全体の能力としては器用貧乏という評価が付く彼女だが、種族の特性ではなく確かな技術と知識を使って、俺の痕跡を探り当てていた。

『戦闘訓練』の師範、コンジの正統な下位互換といった印象を受けた。

◆◆◆◆

「お姉さま、となりにすわっても、良い？」

「だまれ」

太めに作った竹の串に肉を刺して焼く。

相変わらずウェンの目は血走っているし、竜人娘の態度はつれない。

俺は彼女達に隠れて、鱗の仙器化を進めながらも、見える場所ではモンクの仙器化技術を真似ようと四苦八苦していた。

例の『発火』のナイフは三重の仙器化によって成り立っていると考えている。『保温』『発熱』そして『条件変化』。

わざわざ『条件変化』が間に挟まる理由を考えていたが、いくつかの仮説が浮かんだ。

一つ目は付与したモンクの力量により、『保温』『発熱』の二つを同時に付与することができず、『条件変化』を使うことで擬似的に二つの効果を付与した、という説。

これが正しいならば、彼はまず『条件変化』を付与し、その後に『保温』『発熱』を一つずつ追加で付与したことになる。

二つ目は同時の付与はできるが、違う効果を同時に発揮する仙器化は性能が落ちるために、一つずつしか効果が現れないようにわざと『条件変化』を挟んだ、という説。

これが正しいなら、彼は初めに『保温』『条件変化』を付与し、あとで『発熱』を付与した、というパターンも有りうることになる。


これらの仮説を確かめるには、まずは『条件変化』を付与できるようにならないといけないが、中々これが上手《うま》く行かない。

しかし『条件変化』単体では何の効果も無い仙器から何の効果も無い仙器へと変わるだけなので成功したかどうかが感覚から分からないのだ。そのために追加で効果を付与する必要があるのだが、仙器をさらに仙器化する、というのに苦戦していた。

複数付与のために『条件変化』を身につける必要があり、『条件変化』の成功を確かめるのに複数付与を身につける必要がある、というデッドロック状態に陥った。

そのためまずは別の技術から手を付けることにした。

それが仙器化の偏りだ。

彼のナイフの『発熱』は刃先にだけ効果が現れた。

探知の情報からしても、刃先だけが仙器になっていることが分かった。『部分付与』と心の中で呼称しているこの技術は、ある意味複数付与の抜け道となり得ると思っている。

刃の表面だけに『切断強化』を付与した場合、他の部分は仙器となっているか、というとそうではなく、ただの鉄の器のままだ。

という事はその部分に『頑強』を部分付与するのは、刃先への部分付与と同じ難易度できることになる。

実際は『頑強』の付与部分と『切断強化』の付与部分の間に何の付与もされていない隙間が出てくることになると思うが、身につけるのはこちらの方が簡単だろう。

尻尾への付与を一度中断するか考えたが、現時点で『硬化』以外に付与できる能力は浮かばないため、そのまま続けることにした。

もし、もっと上等な付与ができるようになれば、その時は鱗を剝がせば良い、どうせ脱皮によって鱗は生え変わるのだから。

俺は竹の串を一息で仙器化する。

付与したのは『貫通強化』ではなく『切断強化』だ。

仙器となった串の側面に指を滑らせるが、傷は付かない。

これはおそらく、串の側面がナイフのように鋭くないため、元々ゼロの切断力をどれだけ強化してもゼロのまま、という解釈がしっくり来るように思える。

しかし、それはよくよく考えるとおかしいのだ。

この串の側面でも、力尽くでやれば紙一枚は切れるだろうし、切断とは無縁に見える水だって圧力をかければ鉄板を破れる。

切断力をゼロと規定しているのは、おそらく俺自身なのだ。

今、手に持っている串を俺は勝手に『刺すためのもの』と認識している。だからこそ切断力が向上した状態をイメージできずに、結果俺がゼロと判断した切断力をそのままにする仙器化をしている。

つまり『何も強化しない』を串に付与した。

ナイフには本来発熱する作用は無いにもかかわらず、『発熱』が付与できたのはそのイメージの違いなのだろう。

これもまた、柔軟な子供だからこその発想だ。


「……」

食べ終わった串を背後に放り投げた時、空気が変わっているのに気づいた。

目の前の二人はまだ気づいていない。

俺の中の温度感知《蛇》も感情感知《花精》も反応していない上に、気の探知も同じように何も捉えていない。

しかし、三つを合わせれば不自然に穴となった空間が存在することに気づいた。

俺は鞘《さや》から抜いたナイフを点検するような素振りで、顔の前に持ち上げる。そうして、刃の側面に映った影に注目する。

背後に三歩の距離……二歩……今！

「シィッ！」

「……」

振り返りながらの切り払いは、腕を押さえて止められる。

黒ずくめの男、おそらく里の人間だ。

「ぁ」

瞬時に顎に往復で二撃。

簡単に頭が揺らされて、体が言うことを聞かなくなる。

綺麗《きれい》に膝から崩れ落ちると目を見開いたまま、地面に横倒しになる。

「……がァアアアアアアアアアアアア！」

暗くなる視界の隅で、聞き覚えのある咆哮《ほうこう》が響いた。

◇◇◇◇

「……がァアアアアアアアアアアアア！」

怒りを含んだ咆哮が、久方ぶりに彼女の喉を揺らす。

同時に彼女の肉体に貯蓄されていた莫大《ばくだい》な量の気が解放され、容赦無く周囲を押し流す。

「ほう、これが」

蛇人族の少年を気絶させた男は、感心したように呟《つぶや》く。

彼女から放たれたと思った気が、今度は逆再生のように渦を巻きながら彼女の肉体に集中する。

後のことなど一切を投げ捨てた、全力の【充気《じゅうき》】を纏《まと》う。

側《そば》にいた風精族の少女は放出された気の圧力で吹き飛ばされて気を失っていた。

うねる竜の尾が地面を叩《たた》けば、地面が爆発してその礫《つぶて》が飛んでくる。

「まだ、荒いのう」

男は高速にナイフを傾けて礫の全てを受け流す。

怒りに我を忘れて、力任せの攻撃を振るう少女に、男は落胆の声を漏らす。

どんな時も冷静に、淡々と任務を遂行することだけを考える。

感情によって動くなどもってのほか。それが彼らの在り方だ。

しかし、荒削りながらも巨大な宝石《さいのう》を前に男の顔は歪《ゆが》む。

「――スゥ」

礫の嵐が止まり、こちらから踏み込もうというところで、深い呼吸音。そして、土煙の向こうの少女の喉に、高密度の気が集まっているのが見えた。

「カカカッ、自《おの》ずから躰籠《たいろう》にまで手を出したか、小娘」

【躰籠《たいろう》】とは、生きた肉体の仙器化の技術である。

そう、彼女は蛇人族の少年よりも先に自身の仙器化を始めていたのだ。

何度も失敗し、密《ひそ》かに血を吐いて、躰籠《たいろう》を成功させた。

竜人の再生能力による力押しのような手段でそれを身につけた。

彼女が初めに手を掛けたのは、その喉。

「なるほど、これが正真正銘の息吹《ブレス》かや」

「ガ■■■アアアアアアッッッ――――――！！！！」

彼女から見て放射線状の空間が、圧縮された気によってミキサーのように攪拌《かくはん》される。

もちろん、彼女の咆哮が持つ音量も強化されており、近くに立っているだけで人間の鼓膜はダメージを受けるだろう。

射程に収まった木々や岩の表面は削れ、石は吹き飛ぶ。

まさに小規模の天変地異が起こった。


「……ゥ……」

竜の咆哮ブレスの反動で、喉に焼けるような痛みを感じながら、竜人の少女は男の行方を探る。

巻き上げられたチリがパラパラと落ちる中で、彼女の意識の隙間を縫うように無手の男が迫る。

そうして彼の手が少女の首筋に迫る直前。

「……っ」

「みつけたぞ、げろう」

嗄《か》れた声と共に、ナイフが彼の眼球を抉《えぐ》る軌道を走る。

気付かれているとは思わなかった男は、僅かに驚きを滲《にじ》ませながらも、最小限の体重移動でナイフの刃を躱《かわ》す。

代わりに、カウンターに掌底を繰り出す。

「カカッ、流石《さすが》は竜人なり」

「……がッ」

称賛の言葉とともに側頭部に一撃を加えて、少女の意識を刈り取った。グルンと目を回した彼女はその場にパタリと倒れ込んだ。

「あと指一本分でも速く動ければ、届いたかもしれんの」

これからこの場の三人を回収して里に戻るつもりの男だが、先ほど彼女が男の隠形《おんぎょう》を見破った理由を考える。

彼女は情報からして気の探知以外はそれほど得意ではなかった筈《はず》だ。

足音を完全に殺し、気を断てば彼女が気付ける道理は無い。

そう思いながら、ローブについた塵《ちり》をはたき落としていると、靴の後ろに竹の串が刺さっているのに気づいた。

その串は矮小《わいしょう》ながらも仙器となっており、僅かに気の気配を感じる。

「……矮小だからこそ、気づけなんだ」

小さく呟いて、ピンと指で弾《はじ》いて竹の串を飛ばす。これがあったからこそ、気配を遮断した男の存在に気付くことができたのだ。

そして、発信器を仕込んだ仕立て人の少年に視線をやる。

「カカカッ、やりおる」

自分に気付かれずに串を仕込んだ事。

戦闘そのものの力量で言えば今一つだが、暗殺向きの才能は彼にとって竜人の力と同じく称賛すべきものだった。

森の中で、次々と悲鳴や呻《うめ》き声《ごえ》が上がる。

子供達《たち》が回・収・作業に抵抗しているのだろう。

そうして使徒候補の一つ目の篩《ふるい》、『生存訓練』が幕を閉じた。

——五章『歪んだ螺旋《らせん》』

終章

現在は訓練に使われなくなった瞑想《めいそう》室の一つに四人の大人が集まる。

そのうち二人は452期の使徒候補を指導している師範達だ。

「今期は豊作そうだ。ただ、例年より進みが早すぎるのではないか？」

子供達の洗礼を担当する『司祭』は彼らの報告書を片手に呟いた。

「これまでが遅すぎただけだ。それに今期は亜人が多い」

「ふぅん、そういうものか」

コンジと呼ばれる男からの報告を『司祭』は興味なげに聞き流す。

「今期は種族が分かれているせいで、自己の確立が強いように見えるね。そのせいで『生存訓練』でも協力による停滞が起こった」

蛇人族の師範は薄ら笑いを浮かべながら、気になる点を述べる。

例年であれば子供達はもっと散り散りになる。

疑心暗鬼になり、もっと彼らの殺し合いは激しくなる筈だった。

やはり突出した個が存在すると、それ以外は遠慮を覚えるのが良くなかった。

「ならば、こちらでどうとでも調整すれば良い。信用が崩壊する環境を作る」

信じられるのが彼だけであることを理解させる必要がある。

問題は、それほどまでに厳しい訓練を与えて、果たして残る子供がいるか、だが……。

「カカカ。なぁに、才能は羨ましいぐらいに集まってるからの。こちらと交換したいぐらいだ！　躰籠《たいろう》に手を出した子供が二人も居《お》ったぞ」

子供達の回収を手伝った４４４期の師範、ラカが笑う。

彼は訓練が始まってたった二年にして子供の数が半分に減るほどまでに厳しい訓練を施していた。

しかし彼が育てた子供達の性能は、通常の過程よりも優れた数値を見せている。

「なぁ、己《オレ》の作品と、貴様のとで腕比べをするのはどうかの？　ん？」

「それは今回の議題とは関係無い」

ピシャリと切り捨てるコンジ。そもそも異なる期の子供同士を比べること自体が意味がないものだと彼は考えている。

現在の里の教育は質と量のバランス主義に舵《かじ》を切っているが、彼はそれとは逆行するように質を重視した教育を施している。

里は彼のやり方を試験的に認める事にした。

同様に人族を中心としていた子供達の種族編成から、多様な種族を同じ場所で育ててみるという試みを同時並行して進めることにしたのだ。

この結果によっては里の在り方は大きく変わるだろう。

そのため、上層部の人族主義に傾倒している者はこれらの試みが頓挫するように、規則に反しない範囲で邪魔を入れたりしていた。

それが今回、遂《つい》に境界線を越えた。

「エイセキが薬を無断使用した上に、それを訓練の妨害に使用したことが発覚した」

コンジの放ったその言葉に、師範達はざわつく。

エイセキとは子供達がシスターと呼ぶ三人目の師範のことだ。

「里における私刑、特に子供が対象となるものは、即刻命で償う掟《おきて》だ。異論のあるものはいるか？」

既にここは一枚岩となっている。反論などある筈もない。

「それでは、エイセキを奉仕刑に処す」

◇◇◇◇

――時は遡って『生存訓練』が始まる前。

師範達は子供達から距離をとった場所で待機していた。

「エイセキ、お前を拘束する」

子供の移動と下準備を終え、『生存訓練』が始まるその直前にコンジはエイセキにそう告げた。

「……私はまだ何もしていませんよ」

暗にこれから『何か』をする可能性を示唆しながらも、落ち着いて反論するエイセキ。

「いや、もう遅い」

「……？　意味が分からないのですが」

真っ向から彼女の言葉に反論するコンジに訝《いぶか》しげな目を向ける。

「薬を持ち出したのは知っている」

「……これですか？　私は気の出力が少ない方なので、必要なものなのです」

用意していた言い訳で誤魔化すエイセキ。

それでも、足を止めることなくエイセキとの距離をゆっくりと詰めてくるコンジに嫌な予感が高まる。

「理由もなく拘束すれば、どうなるか理解しているのですかっ！」

「理由は後からできる」

「ぐ、ぁ」

コンジがエイセキの腕を捻《ひね》りあげると、その手から硝子《ガラス》の瓶がこぼれ落ちた。

そのままコンジが瓶を踏みつぶせば、中から肉を腐食させる毒がドロリと流れ出る。

もしこんなものを使えば、襲われた側は解毒する暇もなく死に至る。

後の調査で判明した情報によると、瞑想室から失われた毒薬は丁度、瓶一つ分だけだった。

そう、蛇人族の少女に毒を渡したのはエイセキではない。

そして、それを知りながらコンジは彼女を拘束した。

◆◆◆◆

『生存訓練』を終えて、終日休みとなったその日、俺は一人祈禱《きとう》室へ向かった。この部屋に来るのはどうしても行かなければならない用がある時のみで、それ以外はなるべく来ないようにしている。

しかし、それでも形だけの祈りをするのは今回でもう四回目だ。

一回目は、蛇人族の師範に連れられて。

二回目は、コンジにシスターの怪しい動きを伝えるため。

――三回目は、蛇人族の少女に毒薬を渡すため。

全ては俺の自作自演だったのだ。毒を用意したのも、毒を食らったのも俺だ。

この機会にシスターが動くことは予期できていた。だからこそ、俺は彼女を嵌《は》める手段として、誰かに毒を持たせて被害を出させる必要があった。その対象として選んだのがヒエダだった。彼女ならば竜人娘に対して恨みを持っていて、毒を使う動機もある。その上で、彼女を殺せば『敵対者』と『俺の自演を知る者』を同時に排除できる、という合理的な判断もあった。

シスターが『生存訓練』で行動を起こすかどうかは半分賭けだったが、無事当たった。もしかすると花精族の特性が無意識に読み取っていたのかもしれない。

どこから来るか分からない襲撃を待つくらいなら、自分で襲撃を起こさせれば良い。暗殺組織だけあって、毒の扱いは厳重だろうと思っていたが、その予想が当たっていて良かった。

一つ残念なことがあるとすれば、折角鍛え上げた毒への耐性がそれほど役に立たなかったということだろう。

俺の隣に金髪の大男が座って祈りを始める。

こちらに話しかけてくることは無いが、代わりに分かりやすく咎《とが》めるような感情の色を纏《まと》う。

分かっている。こんな大それたことは滅多にしない。今回はシスターによって命の危険を感じたから行動を起こしただけだ。

俺は祭壇に飾られたナイフに頭を下げると、椅子から立ち上がり、金髪の大男……コンジとは反対の通路を通って出口に向かう。

俺は身長の倍は大きな扉を押し開いて祈禱室を出た。

「――……――い……」

出口の直《す》ぐ横には、真新しい箱が一つ増えていた。

――終章『箱入り娘』

『第452期　一年目第一期報告書』

（管理担当者：金翅《コンジ》）

［灰土《ハイト》］

土精族《ノーム》の男性個体。

精霊種の典型に漏れない矮軀《わいく》により『戦闘訓練』では劣るが、指先は柔らかく設罠《せつびん》においては種族平均以上の適性が見られる。

気術能力は精霊種の平均程度、全体での平均よりも僅か上を維持しており、総合では平均程度の成績を示している。

精神的に［獣虎《ジユウコ》］に依存しており、脆弱性《ぜいじやくせい》が見られる。

［緑風《リヨクフウ》］
風精族の女性個体。
精霊種の典型通り身体能力では平均より劣る。
また精霊種の長所である気術の制御能力においても平均以下であるために『戦闘訓練』

の成績は極めて劣る。

さらに精神的に脆《もろ》い部分が見られ、来期までの残存は難しいと推測している。

［賢木《サカキ》］

森人《エルフ》族の男性個体。

精霊種だが、適性の無い身体能力においても平均以上の成績を示している。

気術能力においては例年の最大値を上回る成長を見せており、注目すべき個体だと進言する。

今期は例年よりも上位の力量が高いために、『戦闘訓練』においては三番手の成績を示しているもののこちらも例年の最大値と同等の力量であることを留意すべきだろう。

『生存訓練』においても機転を利かせた行動と、精神的な柔軟性が見られるため、隠密《おんみつ》任務や護衛任務等の状況判断を要する任務への着任を推薦する。

［紫蛇《シダ》］
蛇人族の女性個体。
純血の獣人種であるため、身体能力では上位の成績を示している。
しかし、気術能力においては全体の平均程度に収まっているため、『戦闘訓練』においては『良』の成績に留《とど》まる。

今期は自我の強い個体が多いが、その中でも当個体は強い自我で周囲に影響を与えていることが確認された。

処分の必要性は感じないものの、今後に注目する必要がある。
＊『生存訓練』にて師範エイセキから受け取った毒を用いて別個体を攻撃、その際に反撃を受けて死亡。この件による犠牲は一体の負傷のみで、後に回復が確認された。

[獣虎《ジユウコ》]

虎人族と〈獣〉を交配した男性個体。

外性において虎人族の性質が多く出たが、身体能力において虎人族の種族平均以上の成績を示したため、筋肉量において〈獣〉の性質が強く現れたと推察する。

また気量においても獣人種としては明らかに抜きんでた量が確認され、当個体が両種族の良性の性質を獲得していることが判明した。

身体能力、特に敏捷《びんしょうせい》性において例年以上の成績を示しており、『戦闘訓練』においては後に記述する[狼龍《ロウリユウ》]以外には常勝する程度に抜きんでている。

性格には傲慢な部分が見られるが、意思疎通に問題はなく『生存訓練』においては指揮を行なっているのが確認できた。

今後に注目すべき個体である。

[黒蛇《クロヘビ》]

蛇人族と花精族を交配した男性個体。

外性においては蛇人族の性質が見られる。

気術能力においても初期段階では【放気《ほうき》】を苦手としていたため内性においても蛇人族の性質が遺伝しているように思われたが、後に花精族の『感応』の発現が確認された。

気術能力は【放気《ほうき》】を習得してから、制御においては上位の成績を見せている。

特筆すべき点として、当個体は戦闘技術によって身体能力の不足を補う戦い方を好み、それによって『戦闘訓練』においては上位の成績を維持している。

種族性質から隠形《おんぎょう》を得意とし、隠密任務への着任を推薦する。

[白花《ハクカ》]
花精族の女性個体。
純血の花精族であり、その性質から周囲より劣る身体能力を気術能力で補うことで、平均程度の戦闘能力を示す。
また性格は脆弱であり、無意識的に『感応』能力を使用することで、他個体に取り入る行動が多く見られた。

当個体に影響されて精神の脆弱性が伝播《でんぱ》されるのが確認されたため、今後の処分を検討したい。
＊『生存訓練』において［黒蛇］を襲撃し、その数日後に報復を受けて死亡。

［透黒《トウコク》］

人族の女性個体。

純血の人族個体であるため、特に今期では抜きんでる部分も劣る部分も特筆すべきものは無い。

身体能力、気術能力、戦闘技術、巧緻性、全てにおいて『良』以上の成績を示しており、『戦闘訓練』においては上位の成績を維持している。

人族としては理想的な成績を見せているが、当個体の特筆すべき点はその慎重な性格にあり、『生存訓練』においては他個体の補助を行う様子が多く見られた。

目端の利く性質から任務遂行において副官への着任を薦める。

［橙鬼《トウキ》］
鬼人族の男性個体。

魔人種の中でも身体能力に秀でた種であり、その性質から優れた身体能力を見せる。

気術能力においても『良』の成績を示し、『戦闘訓練』においては上位を維持している。

しかし、性格に臆病な部分が多く見られ、鬼人族に多く見られる激昂《げきこう》が確認されない代わりに、死への恐れが何度も『生存訓練』において見られた。

訓練課程の変更を検討されたし。

［狼龍《ロウリユウ》］

『龍』と狼人《ろうじん》族の間で生まれた女性個体。

身体能力、気術能力、戦闘技術、全てにおいて例年の最大値を遥《はる》かに上回る成績を見せ、『戦闘訓練』においては例年の『最優』を超える［獣虎《ジユウコ》］と［賢木《サカキ》］を圧倒している。

特に気量に優れており例年の『最優』を遥かに上回る。

しかし、初期においては凶暴性が強く現れ、他個体への攻撃が多く見られたが、現在は気性が落ち着き、訓練に従う様子が確認されている。代わりに当個体の指導を行う師範には彼女以上の力量が要求されることを留意願う。

その性格から隠蔽能力において、致命的な欠陥が見られるため護衛任務等の正面戦闘が要求される任務への着任を強く薦める。

作品のご感想、
ファンレターをお待ちしています

あて先

〒141-0031
東京都品川区西五反田 8-1-5 五反田光和ビル4階
ライトノベル編集部
「沖唄」先生係 ／「真空」先生係

OVERLAP

暗殺者《アサシン》の卵に転生した I
～最凶外道の少年は、生き残るために手段を選ばない～

発　　行　2025年3月25日　初版第一刷発行

著　　者　沖唄
発 行 者　永田勝治
発 行 所　株式会社オーバーラップ
〒141-0031　東京都品川区西五反田 8-1-5
校正・DTP　株式会社鷗来堂
印刷・製本　大日本印刷株式会社

Printed in Japan ISBN 978-4-8240-1109-1 C0193

オーバーラップ　カスタマーサポート
電話：03-6219-0850 ／受付時間 10:00～18:00（土日祝日をのぞく）